Sir Arthur Conan Doyle

Sherlock Holmes em O Solteirão Nobre e outras histórias

Tradução de Carlos Chaves

www.lpm.com.br

L&PM POCKET

Coleção L&PM Pocket, vol. 109

Capa: L&PM Editores sobre desenho de Guy Clair
Revisão: Delza Menin e Luciana Haesbaert Balbueno
Produção: Jó Saldanha e Lúcia Bohrer

ISBN: 85.254.0896-4

D754s Doyle, Arthur Conan, *Sir*, 1859-1930.
Sherlock Holmes em "O solteirão nobre" e outras histórias / Arthur Conan Doyle; tradução de Carlos Chaves. -- Porto Alegre: L&PM, 2002.
210 p. ; 17 cm -- (Coleção L&PM Pocket)

1. Ficção inglesa policial. I. Título. II. Série.

CDD 823.872
CDU 820-312.4

Catalogação elaborada por Izabel A. Merlo, CRB 10/329.

Porto Alegre: Rua Comendador Coruja 314, loja 9 - 90220-180
Floresta - RS / Fone: (0xx51) 3225.5777
informações e pedidos: info@lpm.com.br
www.lpm.com.br

Impresso no Brasil
2002

Índice

I

O CARBÚNCULO AZUL

Fui visitar meu amigo Sherlock Holmes na segunda manhã depois do Natal, com a intenção de apresentar-lhe meus cumprimentos. Ele estava recostado no sofá, envolto num chambre azul, o cachimbo do lado direito e, ao alcance da mão, um maço de jornais amarrotados, evidentemente consultados de pouco. Ao lado achava-se uma cadeira em cujo vértice das costas estava dependurado um chapéu de feltro, bastante velho e de aspecto repulsivo, sendo até rasgado em diversos lugares. Uma lente e um fórceps se encontravam no assento da cadeira, o que sugeria ter sido o chapéu suspenso, para ser melhor examinado.

– Você está ocupado – disse eu –, talvez vá estorvá-lo.

– Nada disto. Gosto de ter um amigo perto para poder discutir minhas pesquisas. O assunto é muito trivial – e apontou com o polegar o chapéu velho –, mas há alguns pontos relacionados com ele que possuem certo interesse e são até instrutivos.

Sentei-me na sua poltrona e esquentei as mãos no fogo, pois fazia frio, devido à geada, e as janelas estavam com cristais de gelo.

– Suponho – observei – que, embora pareça familiar, esta coisa tem alguma história nela incluída e é a pista que vai desvendar algum mistério e contribuir para a punição de algum culpado...

– Não, não. Nenhum crime – disse Sherlock Holmes rindo. – Somente um daqueles engraçados incidentes que surgem quando há quatro milhões de seres humanos acotovelando-se dentro do espaço de poucas milhas quadradas. Entre a ação e a reação de tão densa colméia humana, pode-se esperar acontecer a maior combinação de fatos possível, e muitos problemas estranhos e bizarros surgem, que nem por isso são crimes. Disso já temos experiência...

– Tantos assim – ponderei – que, dos últimos seis casos que adicionei às minhas anotações, três deles estavam isentos de qualquer resquício de crime legal.

– Precisamente. Você se refere aos esforços que fiz no sentido de recuperar os documentos em poder de Irene Adler; ao singular caso da Srta. Mary Sutherland e à aventura com o homem do beiço torto. Bem, não duvido que este caso atual caia na mesma categoria inocente. Você conhece o comissário Peterson?

– Sim.

– Este troféu pertence a ele...

– É o chapéu dele?

– Não, não. Ele o encontrou. Não se sabe quem é o dono. Examine-o, não como chapéu amassado, mas como um problema intelectual. Mas, em primeiro lugar, deixe-me contar como isto veio parar aqui. Chegou no dia de Natal, juntamente com um belo ganso gordo, o qual, a estas horas, não tenho dúvidas, está sendo bem assado ao fogo, na casa de Peterson. Os fatos são estes: às 4 horas da manhã mais ou menos no dia de Natal, Peterson, que, você sabe, é um homem direito, estava de volta de alguma festa e se dirigia para casa, passando por Tottenham Court Road. À sua frente caminhava um homem de altura regular, cambaleando à luz fraca do gás, carregando às costas um ganso. Quando chegou à esquina de Goodge Street, deu-se um conflito entre o homem do ganso e um bando de vagabundos. Um desses derrubou o chapéu do homem e este, tentando defender-se, suspendeu a bengala e com esse gesto quebrou a vitrine da loja, logo atrás dele. Peterson tinha se adiantado para proteger o homem contra os assaltantes, mas este, amedrontado por ter quebrado os vidros e vendo alguém de uniforme que se dirigia para ele apressadamente, largou o ganso e saiu em disparada, sumindo-se no labirinto de ruelas que ficam atrás de Tottenham Court Road. Os vagabundos também correram, devido ao aparecimento de Peterson, e assim ele ficou de posse do campo de batalha e também dos troféus da vitória, que se compunham deste chapéu maltratado e do ganso, um dos melhores que ele poderia esperar para o Natal.

– Que com certeza ele restituiu ao dono...

– Meu caro, aqui está o problema. É verdade que havia um cartãozinho onde estava escrito "Para a senhora Henry Baker" amarrado à perna esquerda do ganso; é também verdade que as iniciais "H. B." se acham ainda perceptíveis no forro do chapéu; mas como há milhares de pessoas com o sobrenome Baker e algumas centenas de Henry Baker nesta nossa cidade, não é muito fácil restituir uma coisa perdida a qualquer um deles...

– Que foi que Peterson fez, então?

– Ele trouxe tanto o chapéu como o ganso aqui para mim, na manhã mesma do dia de Natal, sabendo, como sabe, que me interesso mesmo pelos menores e mais insignificantes problemas. Guardou-se o ganso até hoje, mas havia sinais, apesar da geada, de que devia ser comido sem mais demora. O seu descobridor levou-o, portanto, para que suceda à referida ave aquilo que é o destino determinado para todos os gansos, enquanto eu fico aqui com o chapéu daquele cavalheiro que perdeu seu especialíssimo jantar ou ceia de Natal.

– Ele não pôs um anúncio no jornal?

– Não.

– Então que pista você poderá encontrar para identificar o homem?

– Somente o que pudermos deduzir.

– Do chapéu dele?

– Precisamente.

– Você está brincando. O que é que se pode colher deste velho chapéu amarrotado?

– Aqui está a lente. Você conhece meus métodos. Veja o que você mesmo acha quanto à individualidade do homem que usava este artigo!

Tomei o objeto rasgado nas mãos e virei-o para um lado e outro, um tanto contrafeito e triste. Era um chapéu preto comum, redondo e muito gasto. O forro era de seda vermelha, mas estava descorado. Não havia nome do fabricante, mas, como Holmes tinha observado, viam-se bem as iniciais "H.B". Havia o furo, na aba, do elástico que o segurava, mas do elástico mesmo nem sinal. Estava fendido, coberto de pó e com algumas pequenas manchas; nos pontos descorados, tinha sido aplicada tinta preta.

– Não vejo nada – disse eu, devolvendo-lhe o chapéu.

– Ao contrário, Watson, você pode ver tudo. O que é preciso é raciocinar. Você é muito tímido e receia externar suas conclusões.

– Então, diga-me você o que pode deduzir deste chapéu...

Holmes segurou-o e olhou com aquele modo introspectivo tão peculiar a ele.

– Sugere menos do que poderia ser; contudo há algumas coisas mui distintas e outras que apresentam bastantes probabilidades. O homem é um intelectual, está mais que claro; acha-se atualmente em péssimas condições de vida, e isto está acontecendo de uns três anos para cá, pois anteriormente estava muito bem. Anteriormente, ele era prevenido, mas isto diminuiu de uns tempos a esta parte, o que é sinal evidente de retrocesso moral, o qual, considerado com o declínio de seus bens, deve ser causado por alguma influência perniciosa, talvez a bebida, e esta deve ter sido a razão por que sua mulher deixou de cuidar dele e talvez não o ame mais.

– Meu caro Holmes!

– Ele ainda possui um pouco de brio – disse Holmes, sem fazer caso da minha exclamação –, é homem de vida sedentária, sai pouco, é de meia-idade, tem cabelos grisalhos (cortados há poucos dias) e usa pasta neles. Estes são os fatos que se podem deduzir do chapéu. E é muito provável que ele não tenha gás em sua casa...

– Você certamente está brincando, Holmes.

– Nem um pouco. Será possível que, mesmo depois de eu ter salientado estes pontos, você não descobre mais nada?

– Reconheço que sou muito retardado, mas tenho de confessar que não posso segui-lo. Por exemplo, como você deduziu que o dono do chapéu é um intelectual?

Em resposta Holmes jogou o chapéu na sua cabeça, o qual lhe desceu pela testa até o nariz.

– É questão de capacidade cúbica – disse ele –, um homem de cabeça grande deve ter alguma coisa dentro dela.

– E o declínio de sua fortuna?

– Este chapéu está sendo usado há três anos. Essa aba chata com a beirada curva para cima começou a ser usada naquela época, isto é, há três anos. É chapéu da melhor qualidade. Veja o forro bom que traz e a fita de seda ao redor. Se este homem pôde comprar um chapéu desta qualidade há três anos e não comprou outro, é certamente porque as coisas não vão bem para ele agora.

– Na verdade, parece claro. Mas, e quanto à previdência e à moral?

Sherlock Holmes riu-se.

– Aqui está a previdência – disse colocando o dedo sobre o disco e nó do elástico –, nunca são vendidos com os chapéus, mas colocados depois, à ordem do freguês, esta precaução é contra o vento. Depois disto o elástico rebentou-se e ele não o renovou, o que é sinal de fraqueza. De outro lado, ele procurou esconder as manchas passando tinta nelas, o que demonstra um tanto de respeito pessoal.

– Seu raciocínio certamente é plausível.

– Os outros pontos notados, isto é, que o homem é de meia-idade, tem cabelo grisalho cortado recentemente e que usa óleo, podem ser vistos claramente pelo exame do forro. A lente mostra muitos pequeninos fios de cabelo, bem cortados pela tesoura do cabeleireiro. Grudam-se e têm cheiro de brilhantina. Esse pó, repare, não é o pó arenoso da rua, mas o pó leve de dentro de casa, mostrando que o chapéu fica dependurado a maior parte do tempo, enquanto as marcas de umidade são provas de que o dono transpirava muito e, portanto, não estava bem treinado no exercício.

– Mas, e a esposa, que não mais o ama, conforme você diz?

– Este chapéu não é escovado já há muitas semanas. Quando eu chegar a ver você com o pó acumulado no chapéu e sua esposa tiver consentido em deixá-lo sair de casa nesse estado, terei medo de pensar logo que você está tendo a infelicidade de perder a afeição de sua mulher.

– Mas ele pode ser um solteirão!

– Não senhor. Ele ia levando um ganso para casa como uma oferta de pacificação para a cara-metade. Não se esqueça do cartão na perna da ave.

– Você tem resposta para tudo. Mas por que diz que não há gás na casa dele?

– Por causa de alguns pingos de vela aqui, veja. O indivíduo está acostumado a subir a escada com o chapéu numa das mãos e a vela na outra. Pelo menos, que eu saiba, não pingam gotas de velas de armação de gás. Está satisfeito?

– É tudo muito ingênuo – respondi eu rindo –, mas, desde que você afirma não havia crime e nada aconteceu de grave, senão a morte de um ganso, não acha que está perdendo muita energia com as suas investigações?

Sherlock Holmes abriu a boca para responder, mas nesse instante a porta foi aberta violentamente e o comissário Peterson entrou correndo, as faces coradas e o rosto demonstrando que se achava atordoado com alguma surpresa.

– O ganso, Sr. Holmes, o ganso... – exclamou ofegante.

– Hem? O ganso? O que foi feito dele? Ressuscitou e voou pela janela da cozinha? – e Holmes virou-se no sofá para ver melhor o rosto do homem assustado.

– Olhe aqui. Veja o que minha mulher encontrou no papo!

Estendeu a mão, mostrando na palma uma bela pedra azul cintilante, mais ou menos do tamanho de um grão de feijão, porém de tal brilho que cintilava como uma ponta elétrica na penumbra de sua mão meio fechada.

Sherlock Holmes sentou-se e assobiou.

– Ora, Peterson, isto é um tesouro de grande valor! Suponho que você sabe o que tem aí?

– Um diamante Sr. Holmes! Uma pedra preciosa. Ela corta o vidro como se fosse massa.

– É mais que pedra preciosa. É a *pedra preciosa*.

– Não é o carbúnculo azul da Condessa de Morcar? – explodi eu.

– É precisamente. Devo conhecer o tamanho e a forma, visto que li os anúncios no *The Times*, todos estes últimos dias. É única na espécie e seu valor só pode ser conjeturado, mas a recompensa oferecida de 1.000 libras não é sequer a vigésima parte do valor da pedra.

– Mil libras! Deus do Céu! – o comissário caiu na cadeira e olhou-nos, um após outro, estupefato.

– É a recompensa oferecida, e sei que há considerações sentimentais em torno da pedra que induziram a condessa a dar a metade da sua fortuna para recuperá-la.

– Foi perdida, se não me engano, no Hotel Cosmopolitan – observei.

– Justamente. No dia 22 de dezembro, portanto, há cinco dias. John Horner, um encanador, foi acusado de ter tirado uma pedra do porta-jóias da Condessa de Morcar e a evidência foi tão forte, que o caso vai ser levado ao tribunal. Guardei, penso, alguma coisa aqui – procurou entre seus jornais, olhando as datas, até que enfim tirou um, alisou-o, dobrou-o um pouco e leu o seguinte parágrafo:

ROUBO DE JÓIAS NO HOTEL COSMOPOLITAN

John Horner, de 26 anos, encanador, foi acusado, no dia 22 do corrente, de ter subtraído do porta-jóias da Condessa de Morcar a gema conhecida como "Carbúnculo Azul". James Ryder, quarteiro do andar superior do hotel, testemunhou, dizendo ter levado Horner ao quarto de vestir da Condessa no dia do roubo para que ele soldasse a 2ª grade da lareira que se achava solta. Permaneceu algum tempo no local e depois, sendo chamado, foi-se embora, deixando Horner sozinho. Ao voltar percebeu que Horner tinha ido, mas que o cofre havia sido arrombado e o porta-jóias da condessa estava vazio em cima da mesa. Ryder deu logo o alarma e Horner foi preso na tarde daquele mesmo dia, mas a pedra não foi encontrada nem nos bolsos, nem no quarto do indiciado. Catarina de

Cusack, a empregada pessoal da condessa, depois que ouvira o grito angustioso de Ryder ao descobrir o furto e entrara no quarto às pressas, onde viu as coisas como a outra testemunha tinha descrito. O inspetor Bradstreet, da Divisão B, depôs como prendeu Horner, o qual lutou desesperadamente e protestou inocência em altos brados. Havia mais uma acusação de furto contra o acusado; o magistrado recusou tratar do caso sumariamente e tratou de referi-lo ao tribunal. Horner, que havia demonstrado sinais de intensa emoção durante o processo, desmaiou no final e foi carregado para fora do salão.

– Hum! Isto, quanto à polícia – disse Holmes jogando o jornal para um lado –, a questão para nós agora é estabelecer a seqüência dos fatos desde o porta-jóias arrombado até o fim, que é o papo de um ganso em Tottenham Court Road. Você vê, Watson, nossas pequeninas deduções assumiram repentinamente um aspecto muito mais importante e menos inocente. Aqui está a pedra; a mesma pedra que vem do ganso, do ganso que vem de Sir Henry Baker, o cavalheiro dono do chapéu velho e todos aqueles característicos com que aborreci você. Agora precisamos procurar muito seriamente este senhor e descobrir a parte que ele representa neste mistério. Para fazer isto, vamos experimentar o método mais simples primeiramente, e este é sem dúvida um anúncio em todos os jornais vespertinos; se nada resultar, terei de recorrer a outros métodos.

– Que vai dizer?

– Dê-me um lápis e aquela tira de papel. Agora então:

> Achado na esquina de Goodge Street um ganso e um chapéu de feltro. O Sr. Henry Baker pode obter os mesmos objetos procurando-os às 18:30 hoje em Baker Street 221B.

– Está claro e conciso, não?

– Muito, mas será que ele o vê?

– Bem, é certo que ele há de olhar os jornais desde que a sua perda foi pesada. Estava tão amedrontado devido à sua infelicidade de ter quebrado a vitrina e à aproximação de Peterson, que só se lembrou de fugir; mas, desde então, ele devia ter-se arrependido muito do ato impulsivo de ter largado o ganso. Outra coisa, verá o seu nome e isto lhe despertará o interesse, porque todos que o conhecem vão também chamar-lhe a atenção. Oh! você está aí Peterson, vá correndo à Agência de Anúncios e mande pôr este nos jornais vespertinos.

– Qual deles, senhor?

– Oh! no *Globe*, no *Star, Pall Mall, St. James Gazette, Evening News, Standard, Echo* e quaisquer outros que ocorram à sua lembrança.

– Muito bem, Sr. Holmes. E esta pedra?

– Ah! sim, deixe-a aqui. Obrigado. E, outra coisa, Peterson, na volta compre outro ganso, e deixe-o aqui comigo, porque precisamos ter um à mão para entregar a este cavalheiro em lugar daquele que a sua família está comendo.

Quando o comissário saiu, Holmes pegou a pedra e suspendeu-a contra a luz.

– É uma coisa bonita, não? – disse ele. – Veja como brilha e cintila. Serve de núcleo e foco de crime. Toda pedra boa serve para o mesmo. É a isca predileta do diabo. Nas pedras maiores, cada faceta pode representar um ato sangrento. Esta pedra não tem 20 anos. Foi encontrada nas margens do rio Amoy no sul da China e é admirável que tenha todos os característicos do carbúnculo, exceto na cor, que é azul em vez de vermelha. Apesar de seus poucos anos, já tem uma história sinistra, dois assassínios, uma tentativa de envenenamento, um suicídio e furtos, todos por causa deste grão, do peso de quatro gramas, de carvão cristalizado. Quem diria que tão belo brinquedo seria o precursor da forca e da prisão? Vou fechá-la na minha caixa-forte agora, e escrever uma linha à condessa dizendo onde se acha a pedra guardada.

– Você pensa que esse homem, Horner, é inocente?

– Não posso dizer.

– Mas você pensa que esse outro, Henry Baker, teve alguma coisa com o caso, não é?

– Penso que é bem mais possível este Henry Baker ser homem inocente, e não teve a mínima idéia de que a ave que ele carregava era de mais valor que o peso dela em ouro. Isto, todavia, determinarei por um teste muito simples, se tivermos resposta ao nosso anúncio.

– E você não pode fazer mais nada até lá?

– Nada.

– Neste caso continuarei a fazer as minhas visitas profissionais, mas voltarei à tarde, na hora que você mencionou, porque gostaria de ver a solução de tão emaranhado negócio.

– Gostarei de vê-lo. Janto às 19 horas. Há um pombo bravo para comer, creio. É verdade, em vista dos acontecimentos recentes devo pedir à Sra. Hudson para examinar o papo da ave.

***

Demorei-me com um cliente, e havia passado das 18 horas quando cheguei de novo a Baker Street. Ao me aproximar da casa vi um homem alto, com boné escocês, o sobretudo abotoado até o pescoço, esperando a porta abrir, no semicírculo da claridade da luz acima da porta. No momento em que cheguei à porta, ela foi aberta, e fomos juntos aos aposentos de Holmes.

– Sr. Henry Baker, creio – disse ele levantando-se de sua poltrona, e saudando o visitante com aquele ar de jovialidade que ele tinha tanta facilidade de assumir. – Peço o obséquio de tomar esta cadeira perto do fogo, Sr. Baker. A noite está fria, e vejo que a sua circulação é mais adequada ao clima do verão em vez do de inverno. Ah! Watson, você chegou na hora. É aquele o seu chapéu, Sr. Baker?

– Sim, senhor, sem dúvida é meu chapéu.

Era um homem grande, de ombros curvos, cabeça enorme, rosto largo e olhar inteligente, de barba pontuda, cabelo castanho grisalho. O nariz e as faces estavam um tanto vermelhos, e a sua mão estendida tremia um pouco, o que fez lembrar os prognósticos de Holmes a respeito dos hábitos do homem. A casaca estava abotoada até em cima e a gola em pé; seus pulsos magros apareciam nas mangas sem o sinal de punhos de camisa. Falava de modo vacilante e baixo, escolhendo as palavras com cuidado, dando a impressão de um homem preparado e letrado, que havia sofrido desfavores da fortuna.

– Guardamos estas coisas por alguns dias – disse Holmes – porque esperávamos ver um anúncio seu dando o endereço. Não posso imaginar por que o senhor não reclamou pelos jornais.

Nosso visitante deu uma risada meio envergonhado.

– Os xelins não têm sido tão abundantes comigo ultimamente – ele observou. – Não tinha dúvida de que os vagabundos que me assaltaram haviam levado tanto meu chapéu como a ave, e não queria gastar mais dinheiro na esperança fútil de os recuperar.

– Naturalmente. Por sinal, a ave, fomos obrigados a comê-la.

– Comê-la! Nosso visitante fez sinal de levantar-se da cadeira, em sua surpresa.

– Sim, ninguém se aproveitaria dela se não tivéssemos feito assim. Mas presumo que aquele outro ganso que está em cima do bufê, e que é mais ou menos do mesmo tamanho e bem fresco, servirá a seu propósito tão bem como o outro...

– Oh! certamente – respondeu o Sr. Baker com um suspiro de alívio.

– O certo é que ainda temos as penas, as pernas, o papo de sua ave, se os quer ainda...

O homem deu uma gargalhada.

– Eles talvez me serviriam como lembranças da minha aventura – disse ele, porém, além disto não posso ver para que servem os *disjecta membra* da minha última companheira. Não, senhor penso que, com sua permissão, darei toda atenção e cuidado à excelente ave que vejo ali.

Sherlock Holmes lançou-me um olhar aguçado e encolheu os ombros.

– Ali está seu chapéu, então, e a ave, disse ele. A propósito, o sr. faz questão de dizer-nos onde obteve o outro ganso? Interesso-me na compra de aves, e raras vezes tenho visto ganso mais perfeito.

– Sim, senhor – disse Baker, que se havia levantado e colocado sua nova propriedade sob o braço. – Há uns poucos de nós que freqüentamos a Taberna Alfa perto do Museu. E estamos mesmo dentro do Museu durante o dia, compreende? Este ano nosso hospedeiro, de nome Windigate, instituiu "O Clube do Ganso" pelo qual, entrando com uns poucos níqueis cada semana, pudéssemos receber um ganso ao Natal. Paguei os meus pence e do resto o senhor já sabe. Estou-lhe muito grato senhor, pois um boné escocês não é adequado aos meus anos nem à minha gravidade.

Com um modo pomposo, ele fez uma vênia muito solenemente para nós dois e foi-se embora.

– Acabou-se tudo a respeito do Sr. Baker – disse Holmes, depois de ter fechado a porta. – Está mais que certo que ele não sabe nada do caso. Está com fome, Watson?

– Não muito.

– Então vou sugerir que do jantar façamos uma ceia, e vamos seguir esta pista enquanto está quente.

– Certamente.

Era uma noite de muito frio, e assim nós vestimos as capas e enrolamos o cachecol ao redor do pescoço. Fora as estrelas brilhavam friamente num céu sem nuvens, e o ar que aspirávamos saía como fumaça das nossas bocas. Em quinze minutos nós nos achávamos em Bloomsbury, na Taverna Alfa, que é uma pequena casa de bebidas à esquina de uma das ruas que descem para Holborn. Holmes empurrou a porta do bar reservado e pediu dois copos de cerveja ao proprietário, que vestia um avental alvo e tinha o rosto vermelho.

– Sua cerveja deve ser excelente, se for gostosa como os seus gansos – disse Holmes.

– Meus gansos! – o homem pareceu ficar surpreendido.

– Sim, não faz meia hora que estive conversando com o Sr. Henry Baker, o qual é membro do seu "Clube do Ganso".

– Ah! sim, agora entendo. Mas, o senhor vê, aqueles não são nossos gansos.

– Deveras! de quem então?

– Bem, eu encomendei duas dúzias a um vendedor na feira de Covent Garden.

– Deveras? Conheço alguns. Qual deles foi?

– Breckinridge é o nome dele.

– Ah! Não o conheço. Bem, à sua saúde, senhor, e prosperidade para a sua casa. Bôa noite.

– Agora vamos ao senhor Breckinridge – continuou ele abotoando o sobretudo, quando saíamos para o ar frígido.

– Lembre-se, Watson, que, embora tenhamos uma coisa tão doméstica como é um ganso na extremidade de uma corrente, temos na outra um homem que pode merecer sete anos de prisão até que seja estabelecida sua inocência. É possível que as nossas investigações aumentem a sua culpabilidade; todavia, nós temos uma pista que a polícia perdeu. Vamos para o lado sul, marcha batida!

Assim atravessamos Holborn, descemos Endell Street e entramos pelos cortiços do mercado do Covent Garden. Uma das maiores bancas trazia o nome de Breckinridge e o proprietário, um homem grosseiro, com rosto pontudo e barbas laterais, estava ajudando um rapaz a trancar as portas.

– Boa noite. Está frio hoje – disse Holmes.

O negociante confirmou com a cabeça e lançou um olhar rápido ao meu amigo.

– Vendeu todos os gansos, vejo – continuou Holmes, apontando as mesas cobertas de mármore.

– Posso vender-lhe quinhentos amanhã.

– Isso não me adianta.

– Bem, há alguns na banca perto da lâmpada de gás ali.

– Ah! mas foi-me recomendado vir ter com o senhor.

– Por quem?

– O proprietário do "Alfa".

– Ah! sim; mandei-lhe duas dúzias.

– Excelentes aves eram. De onde as arranjou?

Para surpresa minha, a esta pergunta o homem ficou furioso e gritou:

– Olá senhor! – disse ele, elevando a cabeça e pondo as mãos nos quadris. – O que é que o senhor quer saber? Diga-me logo diretamente.

– Já disse direitinho. Eu gostaria de saber quem comprou os gansos para o "Alfa".

– Não lhe conto, pode ir.

– Oh! não é de tão grande importância; mas não sei por que o senhor ficou tão exaltado por tão pequena coisa.

– Zangado! Você ficaria zangado, também, talvez, se tivesse tanto aborrecimento como eu tenho tido. Quando pago bom dinheiro por um objeto, deve ser o fim do negócio; porém a toda hora: "Onde estão os gansos?" "A quem você vendeu os gansos?" e ainda "Quanto você quer pelos gansos?" Havia-se de pensar que são os únicos gansos no mundo, para se ouvir tanta conversa sobre eles.

– Bem, mas eu não tenho nada com as outras pessoas que lhe fizeram perguntas – disse Holmes desinteressadamente. – Se o senhor não quer dizer, cai a aposta, é só isto, mas sempre aposto sobre minha própria opinião e mesmo agora estava pronto a apostar que aquelas aves foram criadas no campo.

– Bem, então o senhor perdeu sua aposta, porque foram criados na cidade, rugiu o negociante.

– Que nada!

– Eu lhe digo que foram.

– Não acredito.

– Você pretende saber mais a respeito de galináceos do que eu que cuido deles desde criança. Eu lhe digo que todas aquelas aves vendidas para o "Alfa" foram criadas na cidade.

– Você nunca me convencerá disto.

– Aposta, então?

– É apenas para receber seu dinheiro, porque sei que tenho razão, mas lá vai uma libra só para ensinar você a não ser tão obstinado.

O vendedor riu-se.

– Traga-me os livros, Bill – disse ele.

O rapazinho desenterrou um volume fino e outro maior, de capas ensebadas e atirou-os juntos debaixo da lâmpada.

– Agora, Sr. Presunçoso, pensei que tivesse vendido todos os gansos, mas quando o senhor acabar de ler, haverá mais um ainda. Vê este pequeno livro?

– Sim.

– Aquela é a lista das pessoas de quem compro, está vendo? Bem, deste lado são pessoas do campo e os números ao lado dos nomes, são suas contas no livro grande. Agora! Está vendo esta página em tinta vermelha? Bem, estes são os de quem compro na cidade. Veja o terceiro nome. Leia-o para mim.

– Sra. Oakshott, Brixton Road, 117 – 249 – leu Holmes.

– Muito bem. Agora abra o livro grande.

Holmes virou-o à página indicada.

– Ai, está, Sra. Oakshott, 117 Brixton Road, supridora de ovos e galináceos.

– Agora, veja qual foi a última anotação.

– Dezembro, 22. Vinte e quatro gansos a 7 xelins e 6 pence cada.

– Muito bem. Está aí. E debaixo?

– Vendidos ao Sr. Windigate do "Alfa" a 12 xelins.

– E agora, o que mais você tem a dizer?

Sherlock Holmes parecia muito desgostoso. Tirou uma libra do bolso e atirou-a sobre o mármore, virando-se como um homem aborrecido que não tinha mais nada a dizer. Uns metros adiante ele parou debaixo da lâmpada da rua e riu-se a valer.

– Quando você vê um homem com barbas assim, pode contar que ele aceitará uma aposta. Não duvido que, se eu tivesse deitado 100 libras na sua frente ele não me teria dado informações tão completas como pela idéia de que ganharia de mim. Bem, Watson, penso que estamos alcançando o fim das nossas pesquisas, resta decidir se devemos ir até a casa dessa Senhora Oakshott hoje, ou deixar para ir amanhã. Está claro, pelo que aquele malcriado disse, que há outras pessoas ansiosas a respeito do mesmo assunto e eu...

Suas observações pararam de repente por causa de um tumulto que começou na banca onde havíamos saído. Virando vimos um homem de cara fina como de rato, em pé, no centro da claridade da luz amarela da lâmpada dependurada ali, enquanto Breckinridge, à porta de sua banca o ameaçava de punhos fechados.

– Já chega de você e seus gansos, gritou ele. – O diabo os leve todos, venha outra vez com a sua conversa fiada e eu solto o cachorro atrás de você. Traga a Sra. Oakshott aqui e eu responderei por ela, mas o que você tem com isto? Comprei os gansos de você?

– Não, mas um deles era meu, mesmo assim – choramingou o homem.

– Então peça-o à Sra. Oakshott.

– Ela mandou-me falar com você.

– Bem você pode pedir ao rei da Rússia, que eu não me incomodo. Já chega. Saia daqui. – Correu atrás do homem, que sumiu na escuridão.

– Ah! talvez este nos poupe uma viagem a Brixton Road – cochichou Holmes. – Vamos ver o que se pode saber deste camarada. A passos largos entre a multidão, que ainda passeava no meio das bancas, meu companheiro logo alcançou o homenzinho e tocou-lhe o ombro. Ele virou-se de repente e eu percebi, pela luz de gás, que o rosto dele ficou branco e sem um vestígio de sangue.

– Quem é você então? O que quer? – perguntou ele em voz trêmula.

– Desculpe-me – disse Holmes suavemente –, mas eu não pude deixar de ouvir o que aquele vendedor disse agora mesmo. Penso que eu podia ajudá-lo.

– Você? Quem é você? Como pode saber qualquer coisa a respeito do negócio?

– Meu nome é Sherlock Holmes e é meu dever saber o que os outros não sabem.

– Mas disto você não sabe nada.

– Desculpe-me, mas sei de tudo. Você está querendo descobrir alguns gansos que foram vendidos pela Sra. Oakshott, de Brixton Road, para um vendedor chamado Breckinridge, e por sua vez ao sr. Windigate da "Alfa" e por ele aos membros de seu clube, de que o sr. Henry Baker é um.

– Oh! é justamente o senhor com quem eu queria encontrar-me – disse o homenzinho com as mãos estendidas e os dedos trêmulos. Não posso dizer ao senhor o grande interesse que tenho nesse negócio.

Sherlock Holmes chamou um carro que ia passando e disse:

– Neste caso é melhor discutir o assunto em uma sala quentinha, em vez deste mercado frio. Diga-me, antes de mais nada, a quem tenho o prazer de ajudar.

O homem hesitou um instante.

– Meu nome é John Robinson – respondeu ele com um olhar de soslaio.

– Não, não, o seu nome verdadeiro – disse Holmes bondosamente –, sempre é mais difícil conversar com alguém de nome suposto.

O seu rosto se cobriu de rubor.

– Bem, então meu nome: James Ryder.

– Precisamente. O copeiro-mor do Hotel Cosmopolitan. Tenha a bondade de subir neste carro e eu logo lhe direi tudo quanto o senhor deseja saber.

O homenzinho olhou de um para o outro de nós com medo, olhos meio fechados, como quem não sabe se está de sorte ou na beira de uma catástrofe. Pulou dentro do carro e em meia hora estávamos de volta à sala de Baker Street. Não se falou nada na viagem, mas a respiração ofegante de nosso novo cavalheiro e o abrir e fechar contínuo de suas mãos indicou a tensão nervosa em que ele estava.

– Cá estamos! – disse Holmes alegremente. – Um fogo é bem agradável neste tempo. Você está com muito frio Sr. Ryder. Por obséquio, tome aquela cadeira de vime. Eu vou calçar os chinelos antes que comecemos a tratar do seu negócio. Agora! Você quer saber o que aconteceu àqueles gansos?

– Sim, senhor.

– Oh! melhor, quer dizer, àquele ganso. Era uma ave, imagino, em que você estava interessado – branca, com uma lista preta através do rabo.

Ryder tremia de emoção.

– Oh! senhor – gritou ele –, pode-me dizer onde é que foi?

– Veio aqui.

– Aqui?

– Sim, era uma ave maravilhosa, não me admiro que você tivesse tanto interesse nela, pois que ela pôs um ovo depois de morta, o ovo mais bonito, brilhante e azul que eu jamais vi. Está aqui no meu museu.

O homem cambaleou ao levantar-se e pegou a prateleira com a mão direita. Holmes abriu seu cofre e suspendeu o carbúnculo, que brilhava como uma estrela. Ryder ficou com o olhar fixo estonteado, não sabendo se deveria reclamá-la ou não reconhecê-la.

– Não adianta Ryder, acabou-se a farsa, levante-se, ou você cairá no fogo da lareira. Ajude-o a sentar-se de novo, Watson. Não tem sangue suficiente para enfrentar a prisão. Dê-lhe umas gotas de conhaque. Agora parece um pouco mais vivo. Que pigmeu é, em verdade!

O homem olhava seu acusador com olhar cheio de medo.

– Tenho todos os elos na minha mão, e todas as provas que posso precisar, assim não há muita coisa mais que você possa contar-me. Contudo, esse pouco é bom que você me dê logo para completar o caso. Você sabia, Ryder, desta pedra azul da Condessa de Mocar?

– Foi Catarina Cusack quem me falou dela – disse ele numa voz estridente.

– Ah! sim, a aia da condessa. Bem, a tentação de ficar com riquezas facilmente obtidas foi demais para si, e tem sido sempre para homens melhores do que você; mas não foi escrupuloso no seu modo de obtê-la. Parece-me, Ryder, que há material bastante em você para o tornar um bom ladrão. Você sabia que este moço Horner, o encanador, tinha qualquer delito antes e que a suspeita cairia mais facilmente sobre ele. O que foi que você fez então? Você e sua aliada Cusack arranjaram um trabalhinho nos aposentos de madame, e conseguiram que ele fosse chamado e ficasse sozinho lá. Depois, quando ele já havia ido embora, você forçou o porta-jóias, levantou a celeuma, e mandou prender este pobre homem. Você então...

Ryder jogou-se no tapete e agarrou os joelhos de meu companheiro.

– Pelo amor de Deus, tenha dó! – gritou ele. Pense no meu pobre pai! Em minha mãe! Quebraria o coração de ambos. Nunca me desviei antes! E nunca o farei mais. Juro-o sobre a Bíblia. Oh! não me deixe aparecer no tribunal. Por amor de Cristo, não!

– Sente-se na cadeira! – disse Holmes severamente. Está muito bem, você com a sua bajulação e baixeza, mas não se incomodou com o pobre Horner, que está preso por um crime com que ele nem sonhou.

– Irei embora, senhor Holmes, sairei do país, e, então, a acusação dele ficará nula.

– Hum! Falaremos sobre isto. Vamos agora ouvir você contar a verdade toda. Como aconteceu que a pedra estava no papo do ganso, e como foi que o ganso chegou ao mercado? Diga-nos a verdade porque é nisto que fica toda sua esperança de escapar ao castigo.

Ryder molhou os lábios secos com a língua.

– Eu lhe contarei justamente como aconteceu, senhor – disse ele. – Depois que Horner tinha sido preso, pareceu-me que seria melhor eu levar embora a gema sem tardança, porque não sabia a que hora a polícia podia se lembrar de dar uma busca em meu quarto e na minha pessoa. Não havia lugar seguro no hotel. Saí como se fosse para cumprir uma ordem e me dirigi para a casa de minha irmã. Ela é casada com um homem chamado Oakshott e mora em Brixton Road, onde engorda galináceos para o mercado. Cada homem que eu encontrava no caminho parecia-me ser polícia ou detetive, e, apesar de ser noite de frio intenso, suava copiosamente antes de chegar a Brixton Road. Minha irmã perguntou-me o que eu tinha, por que estava tão pálido; mas eu lhe disse que estava impressionado com o furto da jóia no hotel. Depois fui ao quintal, fumei o cachimbo e imaginei o que de melhor se poderia fazer.

Tive, há tempos, um amigo que se extraviou e acabou de cumprir sua sentença na penitenciária de Pentoville, agora há pouco. Um dia ele se encontrou comigo e contou-me como os ladrões se desfazem dos objetos que roubam. Eu sabia que ele não me entregaria à justiça por eu conhecer muito da sua vida particular, assim resolvi ir diretamente para onde ele mora e contar-lhe em confiança o ocorrido. Ele me ensinaria como melhor dispor da gema em troca de dinheiro. Mas, como chegar lá sem ser preso, era a questão. Lembrei-me das agonias que havia sofrido desde que saí do hotel; podia a qualquer momento ser revistado e lá estaria a pedra no meu bolso do colete. Estava encostado no muro e olhando os gansos que me rodeavam e subitamente veio-me uma idéia que me mostrou como poderia desafiar o melhor detetive que jamais houve.

Minha irmã tinha me dito, há algumas semanas, que me daria um ganso dos melhores para o Natal, e eu sabia que a oferta era coisa séria. Então pegaria meu ganso agora e no papo dele levaria a pedra para a casa de Maudsley, meu amigo, em Kilburn. Havia um pequeno alpendre no quintal e atrás deste enxotei um dos gansos, um branco grande com lista no rabo. Peguei-o e, abrindo-lhe o bico, enfiei a pedra dentro da garganta até onde pudesse alcançar com o dedo e senti a pedra descer até chegar ao papo. A ave bateu as asas e lutou para se livrar; lá veio minha irmã saber o que havia, e quando eu me virei para falar-lhe, o bruto soltou-se e foi para o meio das outras aves.

– Que é que você estava fazendo com aquela ave, Jim? – disse ela.

– Bem – respondi. – Você mesma disse que me daria uma para o Natal e eu estava apalpando-a para ver qual a mais gorda.

– Oh! – exclamou ela – nós já escolhemos uma e pusemos de parte para você. O pássaro, nós o chamamos. É aquele branco ali. Há vinte e seis deles, dentre os quais sairá um para você, um para nós e duas dúzias para o mercado.

– Obrigado, Maggie – disse eu –, mas se for a mesma coisa preferiria aquela ave que peguei agora mesmo.

– Mas a outra tem bem mais de três quilos de peso – disse ela –, e a engordamos de propósito para você.

– Não faz mal, quero a outra, vou levá-la agora.

– Oh! como quiser – disse ela, amolada.

– Qual é a que você quer então?

– Aquela branca, com a lista no rabo, bem no meio do bando.

– Oh! muito bem, mate-a e leve-a.

– Bem, fiz o que ela disse, Sr. Holmes, e levei a ave para Kilburn. Contei a meu amigo o que tinha feito, pois simpatizava com ele; riu-se até engasgar, pegamos uma faca e abrimos o ganso. Meu coração derreteu-se, não havia sinal da pedra e eu soube logo que tinha havido um grande engano. Deixei a ave, corri de volta para a casa de minha irmã e fui apressadamente ao quintal. Não havia mais nenhuma ali.

– Onde estão elas todas, Maggie? – perguntei eu.

– Foram para o vendedor.

– Qual vendedor?

– Breckinridge, de Covent Garden.

– Mas havia outra ave com lista no rabo, além daquela que eu escolhi?

– Sim, Jim, havia duas com lista no rabo, e eu não sabia a diferença entre elas.

Bem, então está visto, percebi tudo e corri tão depressa quanto as pernas me podiam levar até a banca de venda desse Breckinridge.

Mas ele já tinha vendido todas, e nenhuma palavra quis dizer-me para quem havia vendido. Os senhores mesmos o ouviram agora. Ele sempre me responde assim. Minha irmã acha que eu estou ficando louco, e às vezes acho que é verdade. E agora, que sou ladrão marcado, sem jamais ter tocado a riqueza pela qual perdi o caráter, Deus me ajude! Deus me ajude! E ele chorou convulsivamente, com o rosto nas mãos.

Houve um longo silêncio, quebrado só pela batida das pontas dos dedos de Sherlock Holmes sobre a mesa. Então, meu amigo levantou-se e abriu a porta.

– Saia! – exclamou ele.

– O quê, senhor! Oh! Deus o abençoe!

– Nenhuma palavra mais, saia daqui!

E não foi preciso dizer mais nada. Houve uma corrida, um esparramo na escada, um bater ruidoso da porta e som de correria na rua.

– Afinal de contas, Watson – disse Holmes, pegando no cachimbo – eu não sou empregado da polícia para suprir suas deficiências. Se Horner estivesse em perigo, seria outra coisa, mas este camarada não dará testemunho contra ele e o caso se desvanecerá. Estou cometendo um crime em deixá-lo ir, mas estou-lhe salvando a alma. Ele não fará outra igual. Está apavorado. Mande-o para a gaiola e você fará dele um pássaro prisioneiro para o resto da vida. Além disso, estamos na ocasião própria para perdoar. O acaso pôs em nosso caminho o mais singular e caprichoso problema e sua solução é sua própria recompensa. Se você quiser ter a bondade de tocar a campainha, doutor, nós começaremos outra investigação em que também uma ave terá o principal papel.

II

A FAIXA MALHADA

Ao fazer uma revisão das minhas anotações sobre os setenta e tantos casos nos quais tenho, durante estes últimos oito anos, estudado os métodos de meu amigo Sherlock Holmes, encontro alguns trágicos, outros cômicos e um grande número apenas estranhos, mas nenhum comum, porque, trabalhando como ele o faz, mais por amor à arte do que para se enriquecer, recusou associar-se a qualquer investigação que não apresente coisas fora do comum e até fantásticas. De todos estes casos, não posso recordar nenhum que apresente feições mais singulares do que aquele que teve relação com a conhecida família Surrey, dos Roylotts em Stocke Moran. Os acontecimentos em questão ocorreram nos primeiros tempos de minha amizade com Holmes, quando alugamos uns cômodos, como solteiros que éramos, em Baker Street. Eu já podia tê-los escrito, mas uma promessa de guardá-los como segredo havia sido exigida, e só o mês passado fiquei livre dela pela inesperada morte da senhora a quem fora feita a promessa. Talvez seja bom que os fatos sejam conhecidos agora, porque tenho razões para saber que há rumores a respeito da morte do Dr. Grimesby Roylott, que tendem a tornar o assunto mais terrível do que a verdade.

Foi em abril de 1883. Ao acordar, encontrei Sherlock Holmes de pé, vestido, ao lado de minha cama. Geralmente ele levantava-se tarde e, quando olhei o relógio e vi que eram apenas 7:15, olhei-o surpreso, e talvez um pouco enfadado, porque eu era sempre pontual em meus hábitos.

– Sinto muito acordá-lo, Watson – disse ele –, mas é a sorte comum hoje. A Sra. Hudson foi acordada cedo, chamou-me e agora estou eu chamando-o também.

– O que é então? Um incêndio?

– Não, uma cliente. Uma jovem chegou há pouco, muitíssimo nervosa, e insiste em ver-me. Está esperando na sala de estar. Agora, acho que, quando mocinhas começam a vagar pela metrópole a estas horas da manhã e a acordar os que estão dormindo, ainda em suas camas, presumo que seja algo de muito importante que tenha a comunicar. Se provar ser caso interessante, você, tenho certeza, quererá segui-lo desde o começo. Em todo caso, pensei que devia chamá-lo para lhe dar esta oportunidade.

– Meu caro amigo, não perderia por nada.

Meu maior prazer era acompanhar Holmes em suas investigações profissionais e admirar as deduções e intuições rápidas sempre baseadas na lógica e com as quais ele desenrolava os problemas que lhe eram submetidos. Vesti-me apressadamente e estava pronto em poucos minutos para acompanhar meu amigo até a sala. Uma senhora vestida de preto e rosto coberto com um véu espesso estava sentada à janela, mas, quando chegamos, levantou-se.

– Bom dia, madame – disse Holmes, alegremente. Meu nome é Sherlock Holmes. Este é meu amigo íntimo e companheiro, Dr. Watson, pode falar francamente em sua presença como se fosse para mim só. Ah! vejo que a Sra. Hudson teve o bom senso de acender o fogo. Peço o obséquio de se chegar mais perto dele, e vou mandar vir uma xícara de café bem quente para a senhora, porque vejo que está tiritando de frio.

– Não é de frio – disse ela, em voz baixa e mudando de lugar, como fora convidada.

– O que é então?

– É medo Sr. Holmes. É medo.

Levantou o véu ao falar e pudemos ver que estava mesmo num estado doloroso de agitação, o rosto descorado, os olhos irrequietos e amedrontados, como os de um animal caçado. Parecia ter uns trinta anos, porém já tinha alguns cabelos grisalhos prematuros; sua expressão demonstrava cansaço e estava desfigurado o seu semblante. Sherlock Holmes correu os olhos com um dos seus olhares ligeiros e compreensivos.

– Não deve ter medo – disse ele, calmamente, inclinando-se para ela e pousando-lhe a mão no braço. – Logo endireitaremos tudo, sem dúvida. Vejo que hoje veio de trem.

– Então o senhor me conhece?

– Não, mas observei a volta do bilhete na palma de sua luva. Deve ter saído cedo, todavia viajou também de charrete, por estradas ruins até chegar à estação.

A moça chocou-se e olhou alarmada para meu companheiro.

– Não há mistério nisto, madame – disse ele, sorrindo. – A manga esquerda do seu casaco está salpicada de lama em uns sete lugares e é lama fresca; não há como charrete para jogar lama na gente e a senhora sentou-se à esquerda do cocheiro.

– Sejam quais forem suas razões para dizer estas coisas, é verdade mesmo – disse ela. – Saí de casa às 6 horas, cheguei a Leatherhead às 6:20 e vim pelo primeiro trem a Waterloo. Senhor, não posso agüentar mais esta tensão nervosa e, se continuar, ficarei doida. Não tenho ninguém a quem possa apelar – ninguém a não ser uma pessoa que gosta de mim, e ele, pobre moço, não pode fazer nada. Ouvi falar de si, Sr. Holmes, por intermédio da Sra. Farintosh, a quem o senhor ajudou na ocasião de uma necessidade. Foi dela que obtive seu endereço. Oh! senhor, será que pode ajudar-me também, ou pelo menos esclarecer alguma coisa na escuridão que me cerca? Atualmente não posso recompensá-lo pelo trabalho, mas dentro de uns dois meses me casarei e assim terei o controle pessoal do que é meu. Então, o senhor, pelo menos, não me considerará ingrata.

Holmes virou-se para sua escrivaninha e, abrindo-a, tirou uma caderneta de notas e consultou-a.

– Farintosh – disse ele. – Ah! sim, lembro-me do caso; tratava-se de uma tiara de opalas. Foi antes de você vir morar aqui, Watson. Só tenho a dizer, madame, que terei prazer em dar a mesma atenção ao seu caso, como fiz para sua amiga. Quanto à recompensa, a minha profissão traz por si mesma uma compensação; no entanto, a senhora terá a liberdade de me reembolsar de qualquer despesa que houver, quando lhe for conveniente. E agora peço-lhe para nos apresentar tudo que nos possa ajudar a formar uma opinião sobre o assunto.

– Ai de mim! – respondeu nossa visitante. – O próprio horror de minha posição está no fato de que meus temores são tão vagos e minhas suspeitas dependem inteiramente de uns pontos pequenos, que podem parecer tão triviais a outra pessoa, que até aquele de quem, acima de todos os mais, tenho direito de esperar algum apoio e conselho, considera tudo que lhe conto como fantasias de mulher nervosa; não diz tal, mas vejo, quando desvia os olhos e me dá respostas calmas. Mas soube, Sr. Holmes, que o senhor perscruta as coisas mais profundas dos corações humanos, descobrindo a sua perversidade. O senhor talvez possa aconselhar-me como devo andar no meio dos perigos que me circundam.

– Sou todo atenção, madame.

– Meu nome é Helena Stoner, e moro com meu padrasto, que é o último representante de uma das famílias saxônicas mais velhas da Inglaterra, os Roylotts, de Stoke Moran, na margem ocidental do Surrey.

Holmes acenou com a cabeça.

– O nome é familiar para mim – disse ele.

– A família estava, nessa ocasião, entre as mais ricas da Inglaterra, a herdade estendia-se sobre os limites dos condados de Berkshire, ao norte, e Hampshire, a oeste. No século passado, todavia, quatro dos herdeiros foram homens dissolutos e de disposição esbanjadora, e a ruína da família foi eventualmente efetuada por um jogador nos dias da regência. Nada restou, senão alguns alqueires de campo e a casa secular, essa mesma sob o ônus de uma pesada hipoteca. O último dono, literalmente, arrastou sua existência aí, vivendo uma vida horrível de aristocrata pobre; seu único filho, meu padrasto, vendo que devia adaptar-se às novas condições, pediu empréstimo a um parente, que o possibilitou a formar-se em medicina e foi para Calcutá, onde, pela sua aptidão e força de caráter, estabeleceu-se com grande clientela. Enraivecido, porém, por uns furtos que haviam sido feitos na casa, agrediu seu copeiro, causando-lhe a morte, e por pouco escapou de uma sentença capital. Mesmo assim ficou preso durante muito tempo e voltou para a Inglaterra um homem desapontado e melancólico.

Quando o Dr. Roylott foi para a Índia, casou-se com minha mãe, Sra. Stoner, viúva do Major General Stoner, da artilharia de Bengala.

Minha irmã e eu éramos gêmeas e tínhamos apenas dois anos quando nossa mãe se casou pela segunda vez. Tinha ela bastante dinheiro, umas 1.000 libras anuais, e isto ela legou ao Dr. Roylott durante todo o tempo que morássemos com ele, com a previsão de certa soma anual que fosse concedida a cada uma de nós no caso de nos casarmos. Logo após nossa volta para a Inglaterra, minha mãe morreu num desastre ferroviário perto de Grewe, há oito anos passados. O Dr. Roylott abandonou a clientela que começara a formar em Londres e levou-nos para morar com ele na casa ancestral de Stoke Moran. O dinheiro que minha mãe deixara era suficiente para todas as necessidades e parecia não haver impedimento à nossa felicidade. Nesse tempo, meu padrasto transformou-se completamente, em vez de cultivar amizades e trocar visitas com as famílias da vizinhança, que no começo se regozijaram ao ver de novo um sucessor dos Roylotts morando na velha herdade, fechava-se em casa e raras vezes saía, a não ser para brigar ferinamente com todos aqueles a quem encontrasse. O temperamento violento, aproximando-se da loucura, é hereditário nos homens da família e que no caso de meu padrasto, creio, aumentou devido a residir em país tropical. Houve uma série de brigas vergonhosas, duas das quais terminaram no distrito policial, até que enfim tornou-se o terror da aldeia e as pessoas voavam para longe quando ele se aproximava, porque é homem de grande físico e absolutamente descontrolado em sua ira. Na semana passada, lançou o ferreiro local de sobre o parapeito para dentro do riozinho e foi somente com o pagamento de todo o dinheiro que pude arranjar que consegui evitar que outro escândalo viesse a público. Não tinha amigos, senão os ciganos ambulantes. A estes, dava licença para levantarem acampamento nos terrenos da herdade e às vezes aceitava a hospitalidade de suas tendas, acompanhando-os semanas seguidas. Tem paixão também por animais selvagens da Índia, que vêm para ele, mandados por um correspondente. Atualmente, tem um leopardo e um macaco, que andam livremente e são temidos pelo povo tanto quanto seu dono. O senhor pode imaginar, pelo que lhe estou dizendo, que minha irmã e eu não tínhamos qualquer prazer na vida. Empregada nenhuma ficava conosco e por muito tempo ela e eu fizemos todo o trabalho da casa. Ela contava somente 30 anos quando morreu, apesar disso, seu cabelo já estava ficando grisalho, como está o meu.

– Sua irmã morreu então?

– Morreu há dois anos passados e é da sua morte que quero falar com o senhor. Pode bem compreender que, passando a vida como tenho descrito, era difícil estar em companhia de pessoas de nossa idade e posição. Tínhamos, todavia, uma tia solteirona, Srta. Honória Westhail, que mora perto de Harrow, e ocasionalmente tivemos permissão para fazer uma visita breve em casa dela. Júlia esteve lá no Natal, há dois anos, e encontrou um major da marinha, de quem ficou noiva. Meu padrasto ficou sabendo do noivado quando ela voltou para casa, não fez nenhuma objeção, porém, duas semanas antes do dia fixado para o casamento, um acontecimento terrível ocorreu, levando minha única companheira.

Sherlock Holmes estivera sentado em sua poltrona descansadamente, com os olhos fechados e a cabeça numa almofada, mas, neste ponto, entreabriu os olhos e fitou a visitante.

– É favor contar todos os pormenores.

– É fácil para mim assim fazer, porque tudo o que aconteceu então está cauterizado em minha memória. A casa, como já disse, é muito velha, e agora só se usa uma das alas. Os quartos se acham nessa ala, no andar térreo, e as salas estão no centro do edifício. Desses quartos, o primeiro é o do Dr. Roylott, o segundo, de minha irmã e o terceiro, meu. Não há comunicação entre eles, mas todos se abrem para o mesmo corredor. Está claro?

– Perfeitamente.

– As janelas dos três quartos abrem-se para o gramado. Na noite de Natal, o Dr. Roylott havia entrado em seu quarto cedo, embora soubéssemos que ele ainda não estava deitado, porque minha irmã ficou incomodada com o cheiro de um fumo forte que ele costumava usar, de charutos indianos. Ela deixou seu quarto e veio para o meu, onde ficamos conversando sobre os preparativos para o seu casamento. Às 23 horas, deixando-me só, parou à porta, olhou para trás e perguntou:

– Diga-me Helena, você tem ouvido algum assobio alta noite?

– Nunca – disse eu.

– Bem, suponho que você não é capaz de assobiar quando está dormindo.

– Certamente que não. Mas, por quê?

– Porque durante estas últimas noites ouço sempre, por volta das 3 horas, um assobio baixo, mas bem claro. Tenho sono leve e isto tem-me acordado. Não sei de onde vem. Talvez do quarto próximo, talvez do gramado. E simplesmente lembrei-me de perguntar a você se também tem ouvido.

– Não, não tenho. Devem ser aqueles ciganos amolantes.

– Talvez. Mas se são lá fora do gramado, fico surpresa por você também não o ter ouvido.

– Ah! mas eu tenho sono mais pesado que você.

– Bem, não tem importância, em todo caso – disse ela, sorrindo para mim. Fechei então minha porta e poucos momentos depois ouvi que ela virava a chave da porta de seu quarto.

– Deveras – disse Holmes –, era costume fechar as portas a chave de noite?

– Sempre.

– Por quê?

– Parece-me que já lhe contei que o doutor tinha um leopardo e um macaco. Não nos sentíamos seguras enquanto nossas portas não estivessem fechadas a chave.

– Está certo. Continue, por obséquio.

– Não pude dormir aquela noite. Um pressentimento vago, de que alguma desgraça ia acontecer, impressionou-me muito. Minha irmã e eu, lembra-se, éramos gêmeas, e o senhor sabe quão sutis são as cordas que ligam duas almas tão unidas. O vento uivava lá fora e a chuva batia com toda a força e se esparramava pelas janelas. Era uma noite tempestuosa. Subitamente, em meio ao barulho da tormenta, ouvi o grito espantoso de uma mulher aterrorizada. Reconheci a voz de minha irmã. Pulei da cama, atirei um xale às costas e corri para o corredor. Quando abri minha porta, pareceu-me ouvir um assobio baixo, como minha irmã havia descrito, e um momento depois um som, como a queda de um pacote de metal. Corri até a porta do quarto de minha irmã, que não estava trancada, e abri-a vagarosamente sobre os gonzos. Olhei horrorizada, não sabendo o que ia suceder. Pela luz da lâmpada do corredor vi minha irmã aparecer à porta, o rosto branco como a morte, aterrorizada, suas mãos estendidas como que pedindo socorro, seu corpo cambaleante como o de um bêbedo. Corri para ela e lancei meus braços ao redor de seu corpo, mas naquele momento seus joelhos dobraram-se e ela caiu ao chão. Torcia-se como quem estivesse com dores horríveis, seus braços e pernas tremendamente convulsionados. No começo pensei que não me reconhecia, mas quando me curvei, gritou num tom de voz de que nunca me esquecerei:

– Oh! meu Deus! Helena! Foi a faixa malhada. A faixa malhada.

Havia outra coisa que queria dizer e apontava com o dedo no ar em direção ao quarto do doutor, mas uma nova convulsão abafou suas palavras. Saí correndo, chamando meu padrasto em voz alta e encontrei-o deixando seu quarto, vestido com o roupão. Quando chegou ao lado de minha irmã, ela já estava inconsciente e, embora despejasse conhaque em sua garganta e mandasse chamar um médico da freguesia, tudo foi em vão, morreu vagarosamente, sem recuperar os sentidos. Assim foi a morte horrorosa de minha irmã amada.

– Um momento – disse Holmes. – A senhora tem certeza sobre o assobio e o som de metal? Podia mesmo jurar que os ouviu?

– Foi isto o que o delegado me perguntou na investigação que foi feita. Tenho forte impressão de tê-los ouvido, todavia, com o estalar da tempestade e o guinchar da casa velha, é possível que me houvesse enganado.

– Sua irmã estava vestida?

– Não, estava de camisola, e na mão direita tinha um fósforo queimado e na esquerda, uma caixa de fósforos.

– Mostrando que havia acendido uma luz para ver ao redor, quando o alarma começou. Isto é importante. E quais foram as conclusões do delegado?

– Investigou o caso com muito cuidado porque a conduta do Dr. Roylott tornara-se notória em toda a localidade, mas não encontrou qualquer dado satisfatório sobre a morte de minha irmã. Meu testemunho demonstrou que a porta fora trancada do lado de dentro e as janelas estavam fechadas com folhas de madeira, do sistema antigo, e atravessadas com barra de ferro, como se fazia todas as noites. As paredes não tinham buracos nem fendas, eram bem sólidas e o assoalho foi bem examinado, com o mesmo resultado. A chaminé é larga, mas está coberta por quatro grandes barras de madeira. É certo que minha irmã estava sozinha quando sobreveio a morte. Além disso não havia sinais de violência no corpo.

– E envenenamento?

– Os médicos examinaram-na nesse sentido, mas não acharam nada.

– De que pensa, então, que a infeliz moça morreu?

– Creio que morreu de medo e choque nervoso, embora não possa imaginar o que lhe meteu medo.

– Havia ciganos nos terrenos, naquele tempo?

– Sim, quase sempre há alguns.

– Ah! e o que foi que você deduziu da alusão a uma faixa malhada?

– Às vezes penso que era a linguagem estranha do delírio, às vezes, que quisesse referir-se a um bando de pessoas, talvez a esses mesmos ciganos. Não sei se o lenço pintado que eles usam na cabeça poderia ter sugerido o adjetivo que ela usou.

Holmes pendeu a cabeça como um homem que está longe de se considerar satisfeito.

– São águas bem fundas – disse ele –, peço para continuar a sua narrativa.

– Passaram-se dois anos desde então, e minha vida ficou mais solitária do que nunca, até recentemente. Faz um mês, um caro amigo, que conheci há poucos anos, deu-me a honra de pedirme em casamento. Chama-se Armitage – Percy Armitage – segundo filho do Sr. Armitage, de Crane Water, perto de Reading. Meu padrasto não se opôs ao casamento e pretendemos casar-nos na primavera. Há dois dias começaram alguns concertos na ala oeste da casa e furaram a parede de meu quarto, tanto que precisei mudar-me para o quarto onde morreu minha irmã e dormir na mesma cama onde ela dormia. Imagine, então, como tremi de horror quando, ontem à noite, estando acordada e lembrando-me de seu triste fim, ouvi, repentinamente, no silêncio da noite, o assobio baixinho que precedeu a sua morte. Levantei-me apressada a acendi a lâmpada, mas não havia nada no quarto; fiquei demasiadamente assustada e, não podendo dormir mais, vesti-me e daí a pouco era dia. Desci silenciosamente, peguei uma charrete na Taverna da Coroa, que fica em frente, e fui a Leatherhead, de onde vim esta manhã com o único objetivo de falar com o senhor e pedir seu conselho.

– Fez muito bem – disse meu amigo. – Mas contou-me tudo?

– Sim, tudo.

– Srta. Stoner, digo que não contou, porque está poupando seu padrasto.

– Como? Que quer dizer com isto?

Por resposta Holmes puxou para trás um debrum de renda preta que guarnecia a mão que jazia sobre o joelho de nossa visitante. Cinco pontas azuis, marca de quatro dedos e um polegar estavam impressos naquele pulso branco.

– Foi tratada brutalmente – disse Holmes.

A moça corou e cobriu o pulso machucado.

– É homem mau e talvez nem conheça a sua força.

Houve um longo silêncio, durante o qual Holmes descansou o queixo sobre as mãos e ficou olhando as chamas do fogo.

– Este é um negócio profundamente sério – disse ele. Há muitas coisas que eu gostaria de saber antes de decidir nosso plano de ação. Todavia, não temos um momento a perder. Se fôssemos a Stoke Moran hoje, seria possível vermos aqueles quartos sem o conhecimento de seu padrasto?

– Acontece que falou em vir à cidade hoje para tratar de um negócio importante. É provável que esteja fora o dia inteiro e não haverá nada para atrapalhar. Temos agora uma empregada, mas é velha e caduca, eu poderia facilmente pô-la de lado.

– Excelente. Você não faz questão de ir, Watson?

– Absolutamente.

– Então iremos os dois. O que a senhorita vai fazer agora?

– Há uma ou duas coisas que desejo fazer, visto estar na cidade, mas volto no trem do meio-dia, pronta para encontrá-los.

– Pode esperar-nos mais cedo. Eu também tenho umas poucas coisas para fazer. Mas a senhora não quer esperar o almoço?

– Não, preciso ir. Meu coração já ficou aliviado desde que lhe contei minha aflição. Esperá-los-ei com ansiedade esta tarde.

– O que você pensa disto tudo, Watson? – perguntou Sherlock Holmes, recostando-se na cadeira.

– Parece-me um negócio preto e sinistro.

– Contudo, se a moça foi correta ao dizer que as paredes e o assoalho estão intactos e que a porta, as janelas e a chaminé são impenetráveis, então a irmã dela, sem dúvida, estava sozinha quando morreu misteriosamente.

– O que significam então aqueles assobios noturnos e as palavras esquisitas da irmã?

– Não posso imaginar.

– Quando se combina a idéia de assobios noturnos à presença de um bando de ciganos que têm intimidade com esse velho doutor, e também o fato de que ele tem interesse em frustrar o casamento de sua enteada, mais ainda a alusão a uma faixa e, finalmente, o fato de a Srta. Stoner ouvir um baque metálico, que podia ter sido causado por uma barra daquelas que seguram a janela, sendo recolocada, penso que há um fundamento para que o mistério seja descoberto nestas linhas.

– Mas que fizeram então os ciganos?

– Não posso imaginar.

– Vejo muitas objeções em tal teoria.

– Eu também, e é por isso que vamos a Stoke Moran hoje. Quero ver se as objeções são certas ou se podem ser excluídas por algumas explicações. Mas que diabo é isso?

A exclamação foi arrancada de meu companheiro pelo fato de nossa porta ter sido aberta violentamente e um homem enorme postar-se na abertura. Sua roupa era uma mistura singular de profissional e de agricultor, com cartola preta, casaco comprido e polainas altas e um chicote de caçador na mão. Tão alto era ele, que seu chapéu tocava na verga da porta e parecia ler a largura dela de um lado ao outro. Rosto grande, muito enrugado, queimado pelo sol, tendo traços de toda paixão malévola, virou-se primeiramente para um e depois para outro. Seus olhos fundos e biliosos, com o nariz grande e pontudo, o assemelhavam a uma velha e cruel ave de rapina.

– Qual de vocês é Holmes? – perguntou essa aparição.

– É o meu nome senhor, mas tem vantagem sobre mim – disse meu amigo.

– Sou o Dr. Grimesby Roylott, de Stoke Moran.

– Deveras, doutor? – disse Holmes suavemente. – Queira sentar-se.

– Não farei tal coisa. Minha enteada esteve aqui. Segui-a. O que foi que ela contou ao senhor?

– É um pouco frio para esta época do ano – disse Holmes.

– O que foi que ela lhe disse? – gritou o velho, furioso.

– Todavia ouvi dizer que as tulipas estão prometendo ser abundantes – continuou meu amigo imperturbavelmente.

– Ah! você utiliza-se de equívocos, hein? – disse nosso visitante dando um passo para a frente e sacudindo o relho. – Eu o conheço, patife! Já ouvi falar de você. Você é Holmes, o mexeriqueiro.

Meu amigo sorriu.

– Holmes, o intrometido!

O sorriso alargou-se.

– Holmes, o "tira" da Scotland Yard.

Holmes riu-se deveras.

– Sua conversa é muito divertida – disse ele. – Quando o senhor sair, tenha a bondade de fechar a porta, há uma forte corrente de ar com ela assim aberta.

– Vou, quando houver dito tudo quanto quero dizer. Não ouse mexer em meus negócios. Sei que a Srta. Stoner esteve aqui, segui-a! Sou homem perigoso para se ir de encontro a mim. Veja isto.

Adiantou-se e, pegando o atiçador de fogo, dobrou-o numa curva com suas grandes mãos queimadas de sol.

– Cuidado para não cair nas minhas garras – rosnou ele e, atirando o atiçador na lareira, saiu da sala.

– Parece ser uma pessoa amistosa – disse Holmes rindo. – Não tenho corpo tão grande, mas se ele tivesse continuado, poderia demonstrar-lhe que minhas garras não são menos fracas do que as suas.

E, enquanto falava, pegou o atiçador de aço e, com um esforço repentino, colocou-o reto de novo.

– Imagine, ele me confundindo com a força oficial de detetives! Este incidente dá-nos gosto para nossas investigações, todavia, espero que nossa amiguinha não sofra pela sua imprudência em deixar este bruto segui-la. E agora, Watson, vamos almoçar, depois iremos a Doctor's Commons, onde espero encontrar alguns dados que nos possam ajudar neste caso.

Eram quase 13 horas quando Sherlock Holmes voltou de sua excursão, tendo na mão um papel azul, todo rabiscado com anotações de algarismos.

– Vi o testamento da falecida esposa – disse ele – e, para determinar seu sentido exato, fui obrigado a calcular os preços atuais dos investimentos com os quais está ligado. A renda toda, na ocasião da morte dela era pouco menos de 1.000 libras, e está agora, devido à queda de preços, mais ou menos em 750 libras. Cada filha pode requerer uma renda de 250 libras no caso de seu casamento. É evidente, portanto, que se as duas tivessem casado, este belo homem ficaria com um bocadinho apenas e, mesmo que fosse uma só, seria bastante prejudicado. Meu trabalho não foi perdido, pois prova que ele tem toda a razão de procurar frustrar qualquer coisa destas. E, agora, Watson, é caso muito sério para se demorar mais, especialmente em vista de o velho saber que estamos interessados em sua vida; assim, se você quiser, vamos chamar um tílburi e tomar o trem de Waterloo. Fico grato a você se puser seu revólver no bolso. Um Eley's nº 2 é excelente argumento para cavalheiros que podem torcer atiçadores de aço. Isto e uma escova de dentes será tudo o que precisamos, creio.

Fomos felizes em Waterloo, chegando na hora de tomar um trem para Leatherhead, onde alugamos um carro e fomos levados por mais de 4 ou 5 milhas pela paisagem maravilhosa do Surrey. Era um dia perfeito, com o sol brilhando e umas poucas nuvens leves no céu. As árvores e sebes estavam brotando e o ar se impregnava do perfume vindo da terra úmida. Para mim, pelo menos, parecia haver grande contraste entre a natureza em plena primavera e o sinistro caso que nos havia levado ali. Meu amigo estava na frente, com os braços cruzados e o chapéu puxado para baixo sobre os olhos, o queixo caído sobre o peito, em profunda meditação. De repente, ergueu-se, deu-me um tapa no ombro e apontou para os prados.

– Olhe lá – disse ele.

Via-se um parque cheio de árvores que cresciam nas fraldas de uma pequena colina, e a espessura das árvores aumentando até o cume, era uma verdadeira mata fechada. Dentre os ramos das árvores viam-se as pontas triangulares das águas-furtadas de uma velha mansão.

– Stoke Moran – disse ele.

– Sim, senhor, aquela é a casa do Dr. Grimesby Roylott – respondeu o cocheiro.

– Estão fazendo reformas ali, é para lá que nós vamos – disse Holmes.

– A freguesia é esta, disse o cocheiro apontando para um número de telhados à esquerda. – Mas quando for à casa, é melhor pular a cancela e seguir o caminho a pé através dos campos. É ali, onde aquela senhora está andando.

– E a senhora, penso, é a Srta. Stoner – observou Holmes. – Sim vamos fazer o que você sugere.

Descemos, pagamos a viagem e o carro foi de volta para Leatherhead.

– Achei melhor – disse Holmes, enquanto atravessávamos por cima da cerca – que este homem pensasse que vimos aqui como arquitetos ou a algum negócio definido. Pode ser que assim evite tagarelar.

– Boa tarde, Srta. Stoner. Vê que cumprimos nossa palavra.

Nossa cliente havia apressado o passo para nos encontrar.

– Ansiosamente os tenho esperado – exclamou ela, apertando nossas mãos. – Tudo está correndo bem. O Dr. Roylott foi para a cidade e creio não voltará até a tardinha.

– Tivemos o prazer de ficar conhecendo o Dr. Roylott – disse Holmes e, em poucas palavras, fez um esboço do que acontecera. A Srta. Stoner ficou branca até nos lábios.

– Céus! – exclamou ela – ele me seguiu, então?

– Parece que sim.

– Ele é tão astuto que nunca sei quando estou segura. Que dirá ele na volta?

– Ele precisa cuidar de si mesmo, ou pode descobrir que há alguém tão astuto como ele. É preciso que você se feche hoje à noite onde ele não possa ir. Se se tornar violento, nós a levaremos para a casa de sua tia em Harrow. Agora, precisamos utilizar todo o tempo, assim peço-lhe para nos levar aos quartos que devemos examinar.

O edifício era de pedras cinzentas e, em alguns lugares, havia moitas de musgo pegado nas paredes; na parte central era alto, com duas alas curvas como as garras de um caranguejo. Em uma dessas alas, as janelas estavam quebradas e cobertas com tábuas, enquanto que o teto estava também caído, perfeita figura de ruína. A parte central se achava reformada e a ala à direita estava modernizada, com cortinas nas janelas e fumaça saindo das chaminés, demonstrando que era ali que a família residia.

Alguns andaimes se levantavam contra as paredes dos fundos, onde havia uma abertura, mas sem sinais de pedreiros trabalhando na hora de nossa visita. Holmes andou de cima para baixo no gramado e examinou com muita atenção as janelas do lado de fora.

– Esta, presumo, pertence ao quarto que a senhorita ocupava, o do centro era de sua irmã e o ligado ao edifício principal é do Dr. Roylott.

– Exatamente, mas agora estou dormindo no quarto do meio.

– Por causa das modificações. Mas não vejo tão grande necessidade de reparos naquele lado da parede.

– Não havia mesmo, e acredito que foi uma desculpa para me obrigar a mudar de quarto.

– Ah! é uma sugestão. Do outro lado desta ala está o corredor para o qual estes três quartos se abrem. Há janelas no corredor, com certeza?

– Sim, mas muito pequenas. Estreitas demais para alguém atravessá-las.

– Visto que vocês trancavam as portas de seus quartos do lado de dentro, não era possível a aproximação daquele lado. Terá a bondade de entrar em seu quarto agora e trancar as janelas com as folhas de madeira.

Assim fez a Srta. Stoner e Holmes, depois de examiná-las bem, esforçou-se para abri-las, sem resultado, pois não havia sequer uma fenda por onde se pudesse introduzir a lâmina de um canivete. Pegou na lente de aumento e examinou as dobradiças, mas eram de ferro sólido, embutido na parede.

– Hum! – disse ele coçando o queixo, perplexo. – Minha teoria apresenta algumas dificuldades. Ninguém poderia passar por estas folhas uma vez trancadas. Bem, vamos ver se o interior nos revela alguma pista.

Uma porta estreita dava entrada ao corredor caído, por onde se abriam todos os três quartos. Holmes recusou examinar o terceiro quarto e, assim passamos para o segundo, aquele em que a Srta. Stoner dormia agora e no qual sua irmã encontrou a morte. Era simples, com teto baixo e lareira larga, conforme o costume nas casas antigas do campo. Uma cômoda de cor marrom estava num canto, uma cama coberta com uma colcha branca em outro canto e uma mesa de *toilette* ao lado esquerdo da janela. Esses móveis, com mais duas cadeiras de vime, completavam a mobília do quarto com um pequeno tapete ao centro.

As tábuas ao redor e que forravam as paredes eram de carvalho marrom, já bichadas e tão velhas que pareciam ser talvez tão antigas como o próprio edifício.

Holmes puxou uma das cadeiras para o canto e sentou-se muito quieto, enquanto seus olhos corriam ao redor repetidas vezes, para baixo, para cima, examinando todos os pormenores no quarto.

– Para onde é que comunica aquela campainha? – perguntou ele enfim, apontando para uma corda grossa que estava dependurada ao lado da cama, achando-se a borla em cima do travesseiro.

– Com o quarto da empregada.

– Parece mais nova do que as outras coisas.

– Sim, foi colocada somente há dois anos passados.

– Foi sua irmã que a pediu?

– Não, nem nunca ouvi dizer que ela a usasse. Nós mesmas íamos buscar o que precisávamos.

– Deveras, parece desnecessário colocar tão bonita corda ali. Desculpe-me um instante, vou examinar esse assoalho. Depois fez o mesmo em todos os painéis de madeira e finalmente chegou perto da cama, olhando-a bem, como também a parede perto; nisto pegou no cordão da campainha e deu-lhe um puxão.

– Oh! É apenas imitação – disse ele.

– Não toca?

– Não, não está nem ligada ao fio. Isto é por demais interessante. Veja, está só ligada a um gancho logo acima da abertura, onde se encontra aquele ventilador.

– Que absurdo! Nunca reparei nisto antes.

– É bem estranho! – murmurou Holmes, puxando a corda. – Há um ou dois pontos esquisitos neste quarto. Por exemplo, que louco deveria ser o construtor em abrir um ventilador de um quarto para o outro, quando com o mesmo trabalho podia fazer uma comunicação com o ar livre?

– É também recente – disse a moça.

– Foi colocado mais ou menos na ocasião do cordão? Indagou Holmes.

– Sim, houve diversas mudanças naquela época.

– E parece que tiveram um propósito muito interessante: cordões inúteis, ventiladores que não ventilam. Com sua permissão, agora, vamos fazer nossas pesquisas no quarto central.

O quarto do Dr. Grimesby Roylott era maior que o de sua enteada, porém simples. Cama de campanha, prateleira cheia de livros, a maioria de ordem técnica, uma poltrona perto da cama, uma cadeira comum de madeira junto da parede, uma mesa redonda e um cofre enorme de ferro, eram as principais coisas que se viam. Holmes examinou tudo com o maior interesse.

– O que há aqui dentro? – perguntou ele dando um tapa no cofre.

– Os documentos de meu padrasto.

– Ah! então você já olhou lá dentro?

– Uma vez, há uns anos passados. Lembrome que estava cheio de papéis.

– Não há um gato dentro dele, por exemplo?

– Que idéia estranha!

– Bem, mas olhe isto!

E ele suspendeu um pequeno pires de leite que estava em cima do cofre.

– Não, não temos nenhum gato. Mas há um leopardo e um macaco.

– Oh! sim, decerto. Bem, o leopardo é como um gato grande, mas um pires de leite não é bastante para satisfazê-lo, penso eu. Há um ponto que eu desejo determinar.

Nisto, ele se abaixou diante da cadeira de madeira e examinou o assento com a maior atenção.

– Muito obrigado. Está bem – disse ele levantando-se e colocando a lente no bolso. – Olá! Aqui há alguma coisa interessante.

O objeto que olhava era um pequeno chicote usado por quem tem cães, pendurado num canto da cama. Estava enrolado e amarrado com uma presilha.

– Que é que você pensa disto, Watson?

– É bastante comum, mas não posso imaginar por que esteja enrolado.

– Isto não é tão comum, é? Hum! há tanta malvadeza no mundo e quando um homem inteligente volve o cérebro para o crime, torna-se mil vezes pior do que é realmente. Penso que já vimos bastante, Srta. Stoner, e, com sua permissão, iremos para o gramado.

Nunca vi o rosto de meu amigo ficar tão carregado como quando deixou o cenário de suas investigações. Ficou muito tempo em silêncio e nem a Srta. Stoner nem eu quisemos perturbar seus pensamentos, antes que ele mesmo saísse de seus devaneios.

– É essencial, Srta. Stoner – disse ele –, que siga absolutamente, em tudo, as minhas instruções.

– Certamente que o farei.

– O assunto é demasiado importante para haver hesitação. Sua vida depende de sua obediência.

– Estou em suas mãos.

– Em primeiro lugar, eu e meu amigo devemos passar a noite em seu quarto.

Ela e eu nos olhamos estupefatos.

– Sim, é preciso que assim seja. Deixem-me explicar. Creio que aquilo lá é a hospedaria da vila.

– Sim, chama-se a "Coroa".

– Muito bem, sua janela será vista de lá?

– Certamente que sim.

– É preciso que a senhorita permaneça em seu quarto dizendo que tem forte dor de cabeça, na hora em que seu padrasto voltar. Depois que ele for para o quarto dele, a senhorita deve abrir as folhas de sua janela, desfazer o fecho, pôr sua lâmpada ali como sinal para nós, depois retirar-se para o quarto que ocupava antes; com certeza, apesar dos consertos, acomodar-se-á por uma noite.

– Oh! sim, facilmente.

– Quanto ao resto, deixe em nossas mãos.

– Mas o que farão?

– Passaremos a noite em seu quarto e investigaremos a causa do barulho que a tem incomodado.

– Creio, Sr. Holmes, que o senhor já fez os seus cálculos – disse a Srta. Stoner pondo sua mão sobre o braço de meu companheiro.

– Talvez.

– Então por caridade, diga-me o que foi que matou minha irmã.

– Preferia ter melhores provas antes de falar.

– O senhor pode dizer-me, pelo menos, se sua morte foi causada por algum susto medonho e repentino.

– Penso que não. Acho que houve uma causa mais concreta. E agora, Srta. Stoner, precisamos ir, porque, se o Dr. Roylott voltasse e nos visse, nossa viagem resultaria em vão. Adeus, seja corajosa, e, se fizer o que lhe ensinei, pode ficar descansada, logo afastaremos os perigos que a ameaçam.

Sherlock Holmes e eu não tivemos dificuldade em alugar um quarto e sala na hospedaria. Ficavam no andar superior e de nossa janela pudemos ver o portão da alameda que levava à ala habitada da mansão Stoke Moran.

Ao escurecer, vimos o Dr. Roylott passar de carro, seu corpo enorme ao lado do rapaz que o acompanhava e que demorou a abrir os pesados portões. Ouvimos o rosnar rouco de sua voz e vimos a fúria com que fechou os punhos e os mostrou ao rapaz.

O carro continuou e, uns minutos depois, vimos surgir uma luz entre as árvores, quando foi acesa a lâmpada em uma das salas.

– Sabe, Watson – disse Holmes quando estávamos sentados juntos na semi-obscuridade. – Estou indeciso se devo levá-lo hoje à noite ou não. Há indícios positivos de grande perigo.

– Posso ajudá-lo?

– Sua presença podia ser de alto valor.

– Então certamente irei.

– É muita bondade sua.

– Você fala em perigo. É evidente que viu naqueles quartos mais do que eu pude ver...

– Não, talvez haja deduzido mais. Acho que você viu tanto quanto eu.

– Não vi nada estranho, a não ser o cordão da campainha; para que serve aquilo? Não posso imaginar.

– Viu também o ventilador?

– Sim, mas não penso que seja tão raro haver uma pequena abertura entre dois quartos, tão pequena que mal dê passagem para um rato.

– Eu tinha certeza de que encontraríamos uma abertura como ventilador antes de virmos para Stoke Moran.

– Caro Holmes....

– Oh! sim. Está lembrado de ter ela dito que sentia o cheiro dos charutos do Dr. Roylott? Isto por si só sugere que havia uma comunicação entre os dois quartos. Só podia ser abertura pequena, se não as autoridades policiais teriam dado com ela, e por isso deduzi que era um ventilador.

– Mas que mal poderá haver nisso?

– Bem, há pelo menos uma coincidência de datas. Fez-se um ventilador, pendurou-se uma corda comprida e uma senhorita dorme na cama e morre. Não lhe parece estranho?

– Por ora não vejo relação nenhuma.

– Não viu nada singular naquela cama?

– Não.

– Pois estava fixa no chão. Você já viu uma cama fixa no chão?

– Nunca.

– A moça não podia mudar sua cama, devia ficar sempre na mesma posição em relação ao ventilador e à corda.

– Holmes – exclamei –, estou percebendo o que você quer dizer. Estamos no momento exato de evitar um sutil e horrível crime.

– Bem sutil e bastante horripilante. Quando um médico desvia-se do bem, torna-se o pior dos criminosos. Tem nervos e conhecimentos. Este homem passa além de Palmer e Pritchard, mas penso, Watson, que nos aprofundaremos mais ainda. Teremos muito horror antes que a noite finde. Vamos apaziguar nossos nervos fumando um pouco e, durante alguns instantes, pensar em coisas mais agradáveis.

Cerca das 21 horas, a luz entre as árvores extinguiu-se e tudo ficou escuro na direção de Stoke Moran. Passaram-se duas horas vagarosamente e, então, repentinamente, justo quando o relógio da igreja batia 23 horas, brilhou a luz bem à nossa frente.

– Aquele é o nosso sinal – disse Holmes pulando – está na janela do meio.

Quando saímos, trocou algumas palavras com o hoteleiro, dizendo que íamos fazer uma visita, embora tarde, a um velho conhecido e talvez passássemos a noite lá. Um momento depois estávamos nas ruas escuras, um vento frio soprando no rosto e uma luz amarela piscando à nossa frente através das sombras para nos guiar em nossa sombria missão.

Houve pouca dificuldade para entrar no terreno, porque havia muitos vãos no velho paredão do parque. Adiantando-nos debaixo das árvores, alcançamos o gramado, atravessamo-lo e íamos entrar pela janela, quando, de dentro de uns arbustos de louro, pulou uma coisa que parecia uma criança aleijada e que se lançou sobre a grama com o corpo todo retorcido e depois desapareceu rapidamente na escuridão.

– Meu Deus! – cochichei – você viu?

Holmes ficou tão surpreendido quanto eu. Sua mão fechou-se sobre meu pulso como um torniquete, em sua agitação. Então riu baixinho e, chegando a boca junto ao meu ouvido:

– É uma família bonita – murmurou ele –, aquilo é o bugio.

Havia-me esquecido dos mimalhos do doutor. Havia um leopardo também, talvez o sentíssemos nos ombros a qualquer momento. Confesso que me senti aliviado, quando, seguindo o exemplo de Holmes ao tirar os sapatos, achei-me dentro do quarto.

Sem fazer qualquer ruído, meu companheiro fechou as janelas passando a lâmpada para a mesa e olhou ao redor do quarto. Tudo estava como havíamos visto durante o dia. Então, chegando-se junto a mim e dobrando a mão em forma de concha, cochichou no meu ouvido tão baixo que mal pude distinguir as palavras:

– O menor barulho poderia ser fatal aos nossos planos. Acenei com a cabeça para mostrar que havia entendido.

– Temos de ficar no escuro. Ele veria luz pelo ventilador.

Acenei de novo.

– Não durma. Talvez sua própria vida dependa disso, tenha o revólver à mão, caso precise. Ficarei sentado na beira da cama e você naquela cadeira.

Tirei o revólver do bolso e coloquei-o em cima da mesa.

Holmes tirou um caniço fino e colocou-o em cima da cama a seu lado e, junto desta, uma caixa de fósforos e um toco de vela, depois apagou a vela e ficamos no escuro.

Nunca me esquecerei daquela noite de vigília. Não se ouvia som nenhum, nem mesmo nossa respiração, contudo, eu sabia que meu companheiro estava sentado ali, olhos abertos, na mesma tensão de nervos que eu. As janelas de madeira não deixavam passar o menor raio de luz e esperamos numa escuridão total.

Lá de fora veio o grito ocasional de uma ave noturna e num momento, em nossa própria janela, ouvimos um gemido, como o miar de gatos, o que nos deu a certeza de que a onça estava solta mesmo.

À distância ouvimos as badaladas profundas do relógio da igreja, que marcavam cada quarto de hora que passava. E quão compridos pareciam aqueles quartos de hora! Meia-noite, uma hora, duas e três e ainda ficamos em silêncio esperando o que ocorresse.

De repente apontou uma luz na direção do ventilador, que se extinguiu quase que imediatamente, mas foi sucedida por um forte cheiro de óleo queimado e de metal quente. Alguém, no quarto próximo, havia acendido uma lanterna. Ouvi um movimento leve e depois seguiu-se de novo o silêncio, mas o cheiro continuou e aumentou. Durante meia hora fiquei forçando a vista. De repente ouvi outro som suave, como o de uma ponta de vapor saindo do bico de uma chaleira. No mesmo instante em que ouvimos este som, Holmes pulou da cama, acendeu um fósforo e bateu furiosamente com o caniço na corda da campainha.

– Você o viu, Watson? – gritou ele –, você o viu?

Mas eu não havia visto. No momento em que Holmes bateu o fósforo eu ouvi um assobio baixo, mas distinto, porém o brilho repentino nos meus olhos cansados impossibilitou-me de discernir contra o que meu amigo se atirava, açoitando com tanta fúria,

Todavia, pude ver que seu rosto estava pálido com a morte e revelando horror e repugnância.

Parou de bater e estava olhando para o ventilador, quando de repente, quebrando o silêncio da noite, veio o grito mais horroroso que jamais ouvi, aumentando até chegar a ser um bramido rouco de dor, de medo, e de ira, tudo misturado num tremendo uivo estridente. Dizem que na vila, e até na casa paroquial, aquele grito acordou e fez levantar os que dormiam em suas camas. Nossos corações gelaram e eu fiquei olhando Holmes e ele para mim, até os últimos ecos cessarem aos poucos.

– Que pode ser isso? – perguntei ofegante.

– Quer dizer que tudo se acabou – respondeu Holmes. – E, finalmente, talvez para o melhor. Pegue seu revólver e vamos entrar no quarto do Dr. Roylott.

Com a fisionomia grave, acendeu a lâmpada e saiu para o corredor. Bateu na porta duas vezes, sem receber resposta. Depois virou a maçaneta e entrou, eu logo atrás com o revólver de prontidão.

Foi uma cena singular que vimos. Em cima da mesa, uma lanterna com uma parte escura meio aberta, lançando um raio de luz sobre o cofre de ferro, cuja porta estava aberta. Ao lado da mesa, sentado, achava-se Grimesby Roylott, vestido com o chambre, os pés dentro de um par de chinelos turcos. No colo, atravessando as pernas, achava-se o açoite com a corda comprida em que havíamos reparado durante o dia. O queixo estava caído e seus olhos fixos num olhar rígido, hediondo, num canto do teto. Ao redor da testa tinha uma faixa amarela esquisita, com pintas marrons, que parecia estar amarrada com força ao redor de sua cabeça.

– A faixa! A faixa malhada! – cochichou Holmes.

Dei um passo à frente. Nesse instante, o ornamento da cabeça começou a mover-se e, dentre o cabelo, levantou-se a cabeça chata, em forma de diamante, e o pescoço inchado de uma serpente nojenta.

– É uma cobra do brejo! – disse Holmes – a cobra mais venenosa da Índia. Ele morreu em dez minutos ao ser mordido; a violência, na verdade, sempre cai sobre os violentos; e o artista cai sempre na cova que ele preparou para outro. Vamos obrigar esta criatura a voltar para sua cova e então poderemos levar a Srta. Stoner para algum abrigo seguro e contar à polícia o que aconteceu.

Enquanto falava, retirou o chicote do colo do morto e, jogando o laço ao redor do pescoço do reptil, arrancou-o de seu poleiro macabro e, carregando-o de braço estendido, atirou-o dentro do cofre e fechou a porta.

Estes são os fatos verdadeiros a respeito da morte do Dr. Grimesby Roylott, de Stoke Moran. Não é necessário que se prolongue a narrativa, que já se estendeu demais, para dizer como contamos a triste notícia à mocinha aterrorizada, e como nós a levamos de trem, pela manhã, e a deixamos em Harrow. Nem mesmo se conta o progresso vagaroso das investigações oficiais, que enfim decidiram que o doutor fora morto quando brincava descuidadamente com um mimalho perigoso. O pouco que ainda me faltava saber do caso foi-me relatado em nossa volta no dia seguinte.

– Eu havia chegado a uma conclusão completamente errônea, que demonstra, meu caro Watson, quão perigoso é raciocinar com dados insuficientes. A presença dos ciganos bem como a palavra "faixa" que a pobre moça usou, sem dúvida explicando a visão horrível que ela teve à luz do fósforo, bastaram para me despistar.

Meu único mérito foi reconhecer meu erro, quando ficou claro para mim que qualquer perigo que ameaçava a dona do quarto não poderia vir da janela nem da porta. Chamaram minha atenção o tal ventilador e a corda da campainha tão perto da cama. Achei também esquisito ser a cama fixa e a campainha somente um embuste, e que a corda vinha diretamente do ventilador para a cama, tudo isto deu-me a idéia de que era para a descida de alguma coisa de um ponto ao outro e a idéia de uma cobra ocorreu-me logo, ainda mais sabendo que o doutor possuía vários animais da Índia, e assim pensei que estava numa pista certa. A idéia de uma forma de envenenamento que não podia ser descoberta por testes químicos era justamente o que serviria para um homem astuto e cruel que aprendeu essas coisas no Oriente. A rapidez com que tal veneno faria efeito era por ele considerada uma vantagem. Havia de ser um médico-legista bem eficaz para dar com dois pontinhos escuros onde os dentes da cobra haviam picado para introduzir o veneno. Depois lembrei-me do assobio. Era preciso recolher a cobra antes que chegasse a luz do dia para que a vítima não a enxergasse. Ele havia treinado a cobra, talvez com o uso do leite que vimos. Ele a introduzia pelo ventilador na hora que julgava melhor, tendo a certeza de que ela desceria pela corda e chegaria à cama, podendo ou não morder a ocupante. Talvez ela escapasse todas as noites, durante uma semana inteira, porém, mais cedo ou mais tarde, seria vitimada. Já havia formulado estas idéias antes de entrarmos no quarto e, numa inspeção que fiz de sua cadeira, vi que tinha o hábito de subir nela, o que, está claro, era necessário para poder alcançar o ventilador.

Quando vi o cofre e o pires de leite, o laço feito da corda do chicote, tudo isso fez desaparecer qualquer sombra de dúvida. O som de metal que a Srta. Stoner ouviu foi, sem dúvida, causado pelo bater da porta do cofre sobre sua terrível ocupante. Uma vez convencido de que estava na pista certa, você deve estar lembrado dos passos que dei para pôr à prova as idéias. Ouvi o bicho assobiar, suponho que você ouviu também, e logo acendi a luz e o ataquei.

– Com o fito de o impelir a voltar pelo ventilador.

– E também com o intuito de fazê-lo revoltar-se contra o próprio dono do outro lado. Algumas das pancadas acertaram nela e despertaram seu temperamento vil, por isso lançou-se sobre a primeira pessoa que viu. Deste modo, sem dúvida, sou indiretamente responsável pela morte do Dr. Grimesby Roylott, e não posso dizer que isso me pese muito na consciência.

III

O POLEGAR DO MECÂNICO

De todos os problemas que têm sido submetidos ao meu amigo Sherlock Holmes para solução, durante os anos de nossa convivência, só em dois fui eu o intermediário que os levou ao seu conhecimento: o do "Dedo polegar do Sr. Hatherley" e o da "Loucura do Coronel Warburton". Desses dois, pode ser que o último oferecesse campo de ação mais amplo para um observador astuto e original, mas o outro foi tão estranho em sua concepção e tão dramático em seus pormenores, que é mais digno de ser recordado, embora desse menos oportunidade para os métodos dedutivos de raciocínio que meu amigo usa e pelos quais conseguia tão maravilhosos resultados. Creio que a história já foi contada, mais de uma vez nos jornais, mas como todas as narrativas perdem grande parte do que é interessante, quando apresentadas *en bloc* em meia coluna de jornal, mais do que quando são contados os fatos que vagarosamente se desenvolvem ante as nossas vistas e o mistério torna-se claro aos poucos, enquanto cada nova pista leva ao conhecimento da verdade. Naquele tempo as circunstâncias desse caso deixaram em mim profunda impressão e, mesmo depois de dois anos, pouco enfraqueceu seu efeito.

Foi no verão de 1889, logo depois que me casei, que ocorreram os fatos de que agora faço sumário. Já havia deixado a vida militar e retomado à profissão civil, deixando Sherlock Holmes sozinho no apartamento de Baker Street, embora freqüentemente o visitasse e ocasionalmente procurasse convencê-lo a deixar seus hábitos boêmios e ir visitar-nos.

Minha clientela havia aumentado bastante e como eu morava perto da estação de Paddington, tinha alguns clientes entre os empregados da estrada de ferro. A um desses curei de uma moléstia dolorosa e longa, e ele nunca se cansou de fazer propaganda em meu favor, mandando-me todos os doentes que lhe apareciam e sobre os quais tivesse alguma influência.

Um dia, antes das 7 horas da manhã fui acordado pela empregada, que batia à minha porta dizendo que dois homens haviam chegado de Paddington e estavam à minha espera no consultório. Vesti-me apressadamente, porque sabia por experiência própria que casos vindos da estrada de ferro eram quase sempre urgentes. Desci às pressas e encontrei o meu velho aliado, o guarda, que saiu da sala de espera e, fechando a porta atrás de si, disse-me:

– Eu o tenho aqui – cochichou, apontando com o dedo por cima de meu ombro – ele está bem.

– O que há então – perguntei, porque seus modos indicavam que havia uma criatura estranha fechada em meu consultório.

– É um cliente novo – cochichou –, achei melhor eu mesmo trazê-lo, assim não podia escapulir. Lá está ele são e salvo. Agora preciso ir doutor, meus deveres estão à minha espera.

E lá se foi ele sem me dar a oportunidade de lhe agradecer.

Entrei no consultório e encontrei um cavalheiro sentado perto da mesa. Estava discretamente vestido com um terno de casimira, boné mole, que havia deitado sobre os livros.

Uma das mãos estava enrolada num lenço manchado de sangue. Era jovem, de uns 25 anos, rosto forte, mas achava-se muito pálido e deu-me a impressão de estar sob grande agitação, precisando de todas as forças mentais para se controlar.

– Sinto acordá-lo tão cedo, doutor, mas sofri um acidente muito sério esta noite. Vim de trem agora de manhã e, ao indagar em Paddington onde podia encontrar um médico, um camarada bondoso trouxe-me até aqui. Dei meu cartão à empregada, mas vejo que ela o deixou sobre a mesa.

Tomei-o e li: "Vitor Hatherley, mecânico hidráulico, 16 A, Victoria Street (3º andar)". Era o nome, profissão e moradia de meu cliente da manhã.

– Sinto tê-lo feito esperar – disse-lhe eu, sentando-me na cadeira da biblioteca. – Chegou de uma viagem noturna, compreendo que é coisa muito monótona.

– Oh! a minha noite não foi nada monótona – disse ele, rindo a valer, sacudindo-se todo.

Todos os meus instintos médicos voltaramse contra aquela risada.

– Pare com isso – exclamei. – Acalme-se.

E dei-lhe água de uma moringa. Não adiantou porque èle desandou de novo no histerismo, demonstrando natureza forte que se desabafa depois de grande tensão de espírito.

Daí a pouco voltou ao normal, muito cansado e envergonhado.

– Eu me portei como um tonto – disse ele ofegante.

– Nada disto. Beba.

Despejei um pouco de conhaque na água e a cor começou a voltar a seu rosto.

– Agora estou melhor, e talvez o doutor possa curar meu dedo, ou melhor, o lugar onde estava o dedo.

Desatou o lenço, estendeu a mão e, embora acostumado a ver coisas dessa natureza, chocoume os nervos olhá-la. Havia quatro dedos salientes e uma superfície medonha como esponja vermelha onde estivera o polegar que fora arrancado ou cortado na raiz.

– Céus! – exclamei – essa é uma machucadura horrível, deve ter perdido muito sangue.

– Sim. Perdi os sentidos quando isto se deu, penso que fiquei desmaiado bastante tempo e, quando voltei a mim e percebi que ainda estava perdendo sangue, amarrei o lenço bem apertado no pulso e o apertei mais ainda com um raminho.

– Excelente! Você devia ter sido cirurgião.

– Faz parte da hidráulica e tive a sorte de saber.

– Este corte foi feito com um instrumento muito pesado e cortante – disse, examinando o corte.

– Com machadinha.

– Foi acidente, suponho?

– Nada disso.

– Quê! Um ataque sanguinário?

– Muito mesmo.

– Você me horroriza com isto.

Lavei, esterilizei e depois atei a ferida, cobrindo-a de algodão e ataduras embebidas em ácido bórico. Ele não se mexeu, embora mordesse os lábios de vez em quando.

– E agora, está melhor? – perguntei ao terminar.

– Excelente. Com seu conhaque e suas ataduras sinto-me outro homem. Estava excessivamente fraco, sofri muito.

– Talvez seja melhor não falar nada sobre o assunto agora, pode deixá-lo nervoso.

– Oh! não, agora não. Preciso contar minha história à polícia, mas, entre nós, se não fosse a evidência convincente deste ferimento duvido que acreditariam na minha narração, porque é por demais extraordinária e não tenho quase nada para prová-la. Mesmo que acreditem, as pistas que posso oferecer são tão vagas, que é duvidoso a justiça poder agir.

– Ah! – exclamei – se há qualquer problema que deseja ver resolvido, recomendo-lhe ir ter com meu amigo Sr. Sherlock Holmes, antes de ir à polícia.

– Sim, já ouvi falar desse camarada – respondeu meu cliente. – Ficaria contente se ele cuidasse do assunto, embora tenha que fazer minhas declarações oficialmente também. O senhor podia me apresentar a ele?

– Melhor, irei com você.

– Ficarei imensamente agradecido ao senhor.

– Vamos chamar um tílburi e eu estarei pronto daqui a um instante. Chegaremos à hora de seu almoço. Você agüenta ir até lá?

– Sim. Não ficarei satisfeito enquanto não houver contado minhas experiências.

– Então meu criado chamará um carro e volto já.

Subi rapidamente para dizer à minha esposa onde ia e, em cinco minutos, estava com ele no veículo, indo às pressas para o apartamento em Baker Street.

Sherlock Holmes estava, como eu esperava, sentado na salinha, vestido com o roupão, lendo a coluna de crimes no *The Times*, e fumando o costumeiro cachimbo antes do almoço. Recebeu-nos com seu modo quieto, porém jovial, mandou trazer mais ovos e presunto frito e convidou-nos para almoçar. Ao terminar, fez nosso novo amigo reclinar-se no sofá, colocando um travesseiro sob sua cabeça e também um copo de água com conhaque, ao seu lado.

– É fácil ver que sua experiência foi bem extraordinária, Sr. Hatherley – disse Holmes. – Tenha a bondade de deitar-se ali e considere-se em sua própria casa. Conte-me o que puder, mas, ficando cansado, pare e tome um estimulante.

– Muito obrigado – disse meu cliente –, mas já me sinto outro homem depois que o doutor tratou de minha mão, e penso que seu almoço completou a cura. Não vou ocupar muito do seu precioso tempo, assim, contarei logo o que aconteceu comigo.

Holmes estava sentado em sua poltrona, com aquela sua expressão cansada, as pestanas caídas cobrindo o olhar vivo de sua natureza. Sentei-me à sua frente, e assim ouvimos em silêncio a estranha história da qual o nosso visitante desenrolou os detalhes.

– Devem saber que sou órfão e solteiro, moro sozinho em um apartamento aqui em Londres. Minha profissão é a de mecânico hidráulico, e tenho adquirido muita experiência em meu trabalho durante os sete anos em que fui aprendiz na conhecida firma "Venner e Matheson", de Greenwich. Há dois anos terminei o aprendizado e, tendo herdado uma soma regular pela morte de meu querido pai, aluguei uns cômodos em Victoria Street. Suponho que todo mundo, quando começa a trabalhar independente, acha tudo monótono, e para mim tem sido excepcionalmente triste. Durante dois anos tive três consultas e um serviçozinho, e é só isso que a minha profissão me trouxe, os vencimentos de umas 27,10 libras. Todos os dias, das 9 às 16 horas, esperava em meu escritoriozinho, até que comecei a ficar desanimado e pensei que nunca ia arranjar serviço.

Ontem, todavia, na hora em que estava resolvido a sair, meu escriturário entrou dizendo que havia um cavalheiro esperando para me falar sobre um negócio. Deu-me um cartão de visitas: "Coronel Lysander Stark". Logo a seguir veio o próprio coronel, homem muito alto, mas excessivamente magro, Não me lembro de jamais ter visto homem tão magro. O rosto era apenas pele e osso. Parecia porém ser o seu estado normal e não doença, pois seus olhos brilhavam e o andar era ligeiro e firme. Vestia-se bem, embora de maneira simples. Sua idade, julgo, devia ser de uns 40 anos.

– Sr. Hatherley? – perguntou, num sotaque de alemão. – Foi-me recomendado como sendo pessoa, não só eficiente em sua profissão, mas discreto e capaz de guardar um segredo.

Fiz-lhe uma vênia, sentindo-me lisonjeado, como aconteceria com qualquer moço que recebesse tal cumprimento.

– Posso perguntar-lhe quem foi que lhe deu meu nome?

– Bem, talvez seja melhor não lhe dizer agora; a mesma pessoa também me contou que é órfão, solteiro e mora sozinho em Londres.

– Está certo – respondi –, mas o senhor há de me desculpar se lhe digo que não vejo o que isto tudo tenha a ver com as minhas qualidades profissionais, pois imagino que é sobre assunto profissional que o senhor deseja falar comigo.

– Sem dúvida. Mas há de ver que tudo quanto digo tem relação com esse ponto. Tenho uma comissão profissional para você, mas é essencial que se guarde silêncio absoluto, você compreende, que isso é mais fácil de se esperar de um homem que está só do que de um que vive no seio da família.

– Se prometo guardar segredo, pode contar que o farei.

Olhou-me severamente e pareceu-me que nunca vi olhar tão suspeito e interrogativo.

– Você então promete? – disse ele enfim.

– Sim, prometo.

– Silêncio completo e absoluto, antes, durante e depois? Nenhuma referência ao negócio, por palavra ou por escrito?

– Já lhe dei minha palavra.

– Muito bem.

Levantou-se de repente e, atravessando a sala como um relâmpago, abriu a porta. Não havia ninguém no corredor.

– Está muito bem – disse ele –, sei que os escriturários são às vezes muito curiosos quanto aos afazeres de seus patrões. Agora podemos conversar com segurança.

Puxou sua cadeira para perto da minha e começou a olhar-me de novo naquele modo inquisitório e pensativo.

Um sentimento de repulsa e alguma coisa talvez de medo começou a subir dentro de mim com os movimentos estranhos daquele magricela. Até o receio de perder um cliente não me restringia de mostrar minha impaciência.

– Faça o favor de dizer qual é o trabalho, senhor – disse eu –, meu tempo é dinheiro. Deus me perdoe por aquela última sentença, mas as palavras brotaram espontaneamente.

– Como seria se pudesse ganhar 52 guinéus numa noite, serviria?

– Ótimo.

– Digo no trabalho de uma noite, mas talvez não leve mais do que uma hora. Quero simplesmente sua opinião acerca de uma máquina de estamparia hidráulica que enguiçou. Se você nos mostrasse o que faz enguiçar nós mesmos a consertaríamos. Que pensa de um trabalho assim?

– Parece ser leve e o pagamento é bom.

– Precisamente. Queremos que você venha ter conosco hoje à noite, pelo último trem.

– Onde?

– Em Eyford, no Berkshire. É um lugarejo perto dos limites de Oxfordshire, a 7 milhas de distância de Reading. Há um trem de Paddington que chega lá às 23:15.

– Muito bem!

– Estarei à sua espera num carro.

– Há necessidade de andar de carro então?

– Sim, nosso lugarejo está bem fora, no campo. Sete milhas da estação de Eyford.

– Então não poderemos chegar lá antes de meia-noite. Suponho que não há trem de volta. Seria obrigado a permanecer ali a noite toda.

– Sim, mas nós podemos dar pouso.

– É desagradável. Não poderia ir numa hora mais conveniente?

– Achamos melhor que o senhor venha tarde. É para recompensá-lo de qualquer inconveniente que lhe vamos pagar tanto, porque é moço desconhecido e poderia comprar a opinião dos próprios chefes da sua profissão. Todavia, se não quer aceitar o negócio, está em tempo de recusar.

Lembrei-me de como me seria útil aquele dinheiro.

– Nada disso – disse-lhe –, ficarei satisfeito em acomodar-me aos seus desejos. Somente gostaria de saber com mais clareza para o que é que precisam de mim.

– Certamente. É natural que a promessa de guardar segredo atice sua curiosidade. Não quero comprometê-lo sem primeiro falar tudo a respeito. Suponho que estamos livres de bisbilhoteiros?

– Absolutamente.

– Então o negócio é este. Provavelmente, você sabe que o pó de Fuller é um produto de grande valor, encontrado em dois ou três lugares, apenas, na Inglaterra.

– Já ouvi falar nisso.

– Há tempos comprei um pequeno sítio, a umas dez milhas de Reading e fui feliz ao descobrir que há um depósito desse pó em um dos meus campos. Ao examiná-lo, achei que esse depósito era comparativamente pequeno e formava junção com outros dois depósitos maiores, um à direita e outro à esquerda, ambos pertencentes aos vizinhos. Essa boa gente ignorava absolutamente que as suas terras possuíam coisa tão valiosa quanto uma mina de ouro. Naturalmente, era de meu interesse comprar as terras deles antes que descobrissem seu verdadeiro valor. Infelizmente, porém, não possuía capital suficiente. Contei meu segredo a alguns poucos amigos, e eles sugeriram que trabalhássemos quietos e secretamente em nosso próprio depósito e desse modo ganharíamos o dinheiro que nos habilitaria a comprar os campos vizinhos.

Isto estamos fazendo há algum tempo e, para facilitar nossas operações, montamos uma prensa hidráulica. Essa máquina, como já disse, enguiçou e desejamos sua opinião sobre ela. Temos guardado nosso segredo muito zelosamente porque, uma vez descoberto, viriam os engenheiros hidráulicos à nossa casa, logo atrairiam investigadores e então, sabendo dos fatos, os vizinhos não nos venderiam mais esses prados e seria um adeus aos nossos planos. Por isso obriguei-o a prometer guardar esse segredo sobre sua viagem a Eyford hoje à noite. Espero ter explicado bem.

– Entendi. O único ponto que não compreendi bem é por que precisam de uma prensa hidráulica para escavar esse pó, pois sempre ouvi dizer que é tirado com a pá, como se tira areia da mina.

– Ah! temos nosso processo particular. Comprimimos a terra em formato de tijolos para poder removê-los sem se saber o que contém. Depositei no senhor a minha confiança, Sr. Hatherley, e mostrei-lhe até onde levo essa confiança.

Levantou-se e disse:

– Estarei então em Eyford às 23:15.

– Certamente estarei lá.

– E nenhuma palavra a ninguém.

Olhou-me outra vez e, então, apertando minha mão na dele, que era fria e úmida, saiu apressadamente da sala.

Bem, quando comecei a pensar calmamente sobre tudo isso, fiquei estonteado, como ambos podem acreditar com essa comissão que se ofereceu tão repentinamente. De outro lado fiquei satisfeito porque o pagamento era, pelo menos, dez vezes mais do que eu pediria se me fosse dado fixar o preço e, talvez, desse trabalho viriam outros. Contudo, a fisionomia e os modos do meu cliente me deixaram impressão desagradável e não achei que suas explicações sobre o produto do pó fossem de molde a exigir minha ida lá à meia-noite, assim como não pude compreender sua extrema ansiedade para que eu não contasse a ninguém.

Todavia, lancei todos os meus temores aos ventos, ingeri uma boa ceia, fui a Paddington e embarquei, sempre obedecendo ao pé da letra à imposição de não falar a ninguém aonde ia.

Em Reading tive de fazer baldeação, mas mesmo assim tomei o último trem para Eyford, chegando à estaçãozinha mal iluminada depois das 23 horas. Fui o único passageiro a ir até lá e na plataforma não havia ninguém senão um carregador sonolento da estrada de ferro com uma lanterna, mas, quando passei pelo portãozinho, vi meu conhecido da manhã, esperando, na sombra, do outro lado. Sem nenhuma palavra, pegou-me no braço e apressou-me a entrar num veículo, cuja porta estava aberta. Fechou as janelas dos dois lados, deu uma pancada leve na madeira do carro e lá fomos nós, tão depressa quanto o cavalo podia correr.

– Só um cavalo? – perguntou Holmes.

– Sim, só um.

– Reparou na sua cor?

– Sim. Vi quando estava entrando no carro, pelas luzes laterais, era marrom.

– Parecia cansado ou não?

– Oh! Estava bem descansado.

– Obrigado. Sinto interromper. Peço para continuar sua narrativa tão interessante.

– Andamos assim pelo menos uma hora. O Coronel Lysander Stark havia dito que eram apenas 7 milhas de distância, mas acho que, de acordo com a marcha rápida em que fomos e o tempo que levamos, deve ter sido mais, aproximadamente 12 milhas. Guardou silêncio ao meu lado o tempo todo, e reparei que, quando eu olhava em sua direção, estava sempre me olhando com grande interesse. A estrada por ali não parecia ser das melhores, porque nossa condução pulava e dava solavancos terríveis. Experimentei olhar pela janela para ver alguma coisa do lugar onde passávamos, mas eram vidros foscos e só pude ver alguma luz fraca de vez em quando. Uma vez ou outra aventurei alguns comentários sobre a monotonia da viagem, mas o coronel respondia-me com monossílabos e a conversa não foi adiante.

Finalmente, os solavancos foram substituídos por um trotar liso sobre uma estrada de areia e o carro parou. O Coronel Lysander Stark pulou para fora e eu segui-o logo; nisto, puxou-me depressa para dentro de um alpendre que estava à nossa frente. Entramos em seguida no vestíbulo e não tive tempo para ver como eram os menores traços da casa. No instante em que atravessei o limiar da porta, esta fechou-se com grande ruído e ouvi o rodar do carro que foi embora.

A casa estava completamente às escuras e o coronel mexeu ao redor, procurando fósforos e falando baixinho. De repente uma porta na outra extremidade do corredor abriu-se, deixando vir em nossa direção uma longa faixa de luz amarela. Esta aumentou e uma senhora apareceu com uma lâmpada na mão, que suspendeu acima da cabeça e adiantou o rosto para olhar-nos. Notei que era bonita e, pelo brilho da fazenda de seu vestido, percebi que era material rico. Disse algumas palavras em língua estrangeira em tom de pergunta, e, quando meu companheiro respondeu-lhe em tom abrupto e por monossílabos, ela pulou, quase deixando cair a lâmpada da mão. O Coronel Stark chegou-se junto dela, cochichou qualquer coisa no seu ouvido e então, empurrando-a para dentro do lugar onde saíra, veio em minha direção trazendo a lâmpada.

– Tenha a bondade de esperar aqui uns minutos – disse ele, abrindo a porta.

Era uma salinha sossegada, com mobiliário simples, mesa redonda no centro, sobre a qual havia diversos livros em alemão. O Coronel Stark colocou a lâmpada sobre um harmônio perto da porta.

– Não me demoro – disse ele e sumiu-se na escuridão.

Olhei os livros que estavam sobre a mesa e, apesar de não entender o alemão, compreendi que dois deles tratavam de ciência e os outros eram de poesia. Depois fui até a janela desejoso de examinar alguma coisa no local ao redor, mas havia uma tábua de carvalho obstruindo de todo a visão. Era uma casa excessivamente silenciosa. Havia um relógio badalando muito alto no corredor, mas fora disso estava tudo quieto.

Uma espécie de inquietação invadiu-me. Quem eram estes alemães e o que estavam fazendo naquele lugar? Achava-me e umas 10 milhas distante de Eyford, disto estava certo, mas se era para o norte, sul, leste ou oeste, não tinha a menor idéia. Reading estava também naquele círculo, de modo que, quem sabe se o lugar não era tão solitário como eu pensava? Andei de um lado para outro na sala, cantando intimamente para ganhar coragem, pensando nos 52 guinéus que estava ganhando.

Repentinamente, sem qualquer ruído, a porta da sala abriu-se vagarosamente. A senhora estava no meio da porta com a escuridão do corredor atrás e a luz amarela da lâmpada iluminando seu lindo rosto. Percebi que estava amedrontada e sua atitude gelou-me o coração. Suspendeu um dedo trêmulo para indicar silêncio e cochichou umas palavras em inglês, olhando para trás como um animal espantado.

– Deve ir embora – disse ela, querendo falar calmamente. – Deve ir embora, não fique aqui. Não há nada de bom para você fazer aqui.

– Mas, madame, ainda não fiz o serviço que vim fazer, não posso retirar-me sem ver a máquina.

– Não vale a pena esperar – continuou ela –, pode passar pela porta, não há ninguém.

E, então, vendo que eu sorria e sacudia a cabeça, de repente deixou de constrangimentos e deu um passo para a frente torcendo as mãos:

– Pelo amor de Deus – cochichou ela –, saia daqui antes que seja tarde demais.

Eu, porém, sou por natureza cabeçudo e mais pronto a entrar em qualquer empreendimento quando percebo algum obstáculo.

Lembrei-me da recompensa prometida, do desconforto da noite da viagem, tudo havia de resultar nulo! E por que havia de fugir sem fazer o trabalho e sem receber o dinheiro? Aquela moça, pelo que estava vendo, podia ser uma pobre louca. Recuperei, portanto, a coragem, embora sua atitude me fizesse nervoso. Mas sacudi a cabeça e disse que ficaria.

Ia repetir seus rogos, quando se ouviu o fechar de uma porta em cima e os passos de quem descia a escada. Ela escutou por uns instantes, ergueu as mãos em atitude de desespero, e sumiu-se silenciosamente como aparecera.

Os que chegavam eram o Coronel Lysander Stark e um homem baixo e gordo, com barba no queixo, e me foi apresentado com o nome de Sr. Ferguson.

– Este é o meu secretário e agente – disse o coronel. – A propósito, pareceu-me que deixei esta porta fechada ainda agora. Sinto que você esteja na correnteza do vento.

– Ao contrário, abri-a porque achei que estava um tanto abafado.

Lançou sobre mim um olhar de suspeita.

– Então é melhor que iniciemos o negócio já. O Sr. Ferguson e eu vamos subir juntos para lhe mostrar a máquina.

– Suponho ser melhor pôr meu chapéu.

– Oh! não, ela está aqui em casa.

– O quê! Então o senhor cava o pó de Fuller dentro da casa?

– Não, não. Aqui ele é somente comprimido. A única coisa que queremos que você faça é examinar a máquina e nos dizer onde está enguiçada.

Subimos juntos, o coronel na frente com a lâmpada, o homem gordo depois e eu atrás dele. A casa era um verdadeiro labirinto, com corredores, passagens estreitas e escadas em caracol, as portas baixas e os limiares gastos no centro pelas gerações que os haviam atravessado.

Não havia tapetes nem sinal de mobília, a não ser no andar térreo, o reboco estava caindo das paredes e a umidade ali penetrava, fazendo manchas verdes e insalubres. Esforcei-me por mostrar uma indiferença que não sentia, pois não me esquecera do aviso da senhora e guardei bem à vista os meus dois companheiros. Ferguson parecia ser homem quieto e melancólico, mas percebi pelo pouco que falou que pelo menos era patrício.

O Coronel Lysander Stark parou afinal à frente de uma porta baixa, que abriu. Era um cômodo pequeno e quadrado, no qual coubemos nós três. Ferguson permaneceu fora e o coronel me fez entrar.

– Estamos neste momento dentro de uma prensa hidráulica e seria uma grande infelicidade para nós se alguém se lembrasse de pô-la em movimento. O forro deste pequeno compartimento é o fundo do pistão que desce com o peso de muitas toneladas sobre este piso de metal. Há pequenas colunas laterais de água fora que recebem, transmitem e multiplicam a força de modo que o senhor decerto entende. A máquina trabalha bem, mas entravou e já perdeu um pouco da força. Talvez o senhor, examinando-a, possa dizer-nos como endireitá-la.

Peguei a lanterna e examinei a máquina minuciosamente. Era deveras gigantesca, e capaz de exercer enorme pressão. Quando passei para o lado de fora e havia descido as alavancas que a controlavam, vi logo pelo som que havia um pequeno escoamento que permitia uma regurgitação de água por um dos cilindros laterais. Ao examiná-la ainda mais, vi que uma das fitas de borracha ao redor da cabeça da barra propulsora havia encolhido tanto que enchia o mancal. Esta, sem dúvida, era a razão da perda de força e expliquei isto aos meus companheiros, que me escutaram com toda a atenção e perguntaram diversas coisas quanto ao modo de proceder no conserto. Depois disto entrei novamente na câmara principal e olhei-a bem para reafirmar a minha curiosidade. Quanto à história do pó de Fuller, era mera fábula porque seria absurdo supor que uma poderosa máquina destas houvesse sido construída para um fim tão inadequado. As paredes eram de madeira, mas o assoalho era como uma grande gamela de ferro. Abaixei-me para ver exatamente o que era, quando ouvi uma exclamação em alemão e vi o rosto cadavérico do coronel olhando-me.

– O que está fazendo aí?

Senti-me aborrecido por ter sido enganado por uma história tão bem elaborada.

– Estava admirando seu pó de Fuller – disse-lhe –, e penso que melhor poderia aconselhá-lo se soubesse o verdadeiro uso da máquina.

Deu um passo para trás, bateu a porta e volveu a chave na fechadura. Pulei para a porta e puxei a maçaneta, mas estava bem segura e não cedeu, apesar dos meus pontapés e empurrões.

– Alô! Coronel! Alô! – gritei. – Deixe-me sair.

E então, subitamente, no silêncio que se fez, ouvi um som que me trouxe o coração à boca. Era o ruído das alavancas e o chiar do cilindro. Ele havia ligado o motor. A lâmpada ainda estava sobre o assoalho onde a havia colocado para melhor examinar a gamela.

Pela sua luz vi que o forro preto vinha descendo sobre mim, vagarosamente, irregularmente, mas, como ninguém sabia melhor do que eu, com uma força que poderia, dentro de um minuto, moer-me e transformar-me numa polpa disforme.

Lancei-me gritando contra a porta e quis arrancar a fechadura com as unhas, implorando ao coronel que me deixasse sair, mas o clangor cruel das alavancas cobriu meus gritos. O teto estava apenas a um ou dois pés acima de minha cabeça e, com a mão estendida, pude sentir a superfície áspera. Então lembrei-me que a dor da morte dependeria muito da posição em que estivesse e resolvi deitar-me de bruços; assim, o peso cairia sobre a minha espinha e estremeci, ao pensar naquele horrível estalo. Talvez fosse melhor de outro jeito, assim virei-me e olhei para cima e vi aquela sombra fatal descendo sobre mim. Não podia mais ficar em pé, quando vi alguma coisa que me trouxe um raio de esperança ao coração.

Já lhes disse que o assoalho e o teto eram de ferro, e as paredes de madeira. Quando lançava um último olhar ao redor, vi uma luz amarela tênue entre duas das tábuas, que aumentava enquanto um painel era puxado para trás. Por um instante não pude crer que ali havia uma porta que me livrasse da morte. Lancei-me através dela e cai desmaiado do outro lado. O painel foi fechado atrás de mim, mas o barulho da lâmpada esmagada e o clangor das duas chapas de metal contaram por quão pouco eu escapara.

Logo voltaram-me os sentidos, porque senti um violento puxão no meu pulso e vi que estava deitado sobre as lajes de um corredor estreito, enquanto uma mulher se abaixava sobre mim e me puxava com a mão esquerda, tendo uma vela na direita. Era a mesma boa amiga, cujo conselho eu havia totalmente rejeitado.

– Venha! Venha! – disse ela, ofegante. – Eles estarão aqui agora mesmo. Não perca tempo, venha!

Desta vez não desprezei o seu conselho, levantei-me cambaleante, corri com ela ao longo do corredor e descemos uma escada em caracol. Esta levava a uma passagem larga e, justamente na hora em que ali chegamos, ouvimos o rumor de passos correndo e os gritos de duas vozes, uma respondendo à outra, uma no andar onde estávamos e a outra no andar de baixo. Minha protetora parou e olhou ao redor, como para saber o que fazer. Então abriu uma porta que dava entrada para um quarto, em cuja janela a lua estava brilhando.

– É a única coisa – disse ela –, é alto mas talvez você possa pular.

Enquanto falava, surgiu uma luz no fim da passagem e eu vi o corpo magro do Coronel Lysander Stark pular para a frente com uma lanterna em uma das mãos e uma arma, como machado de açougueiro, na outra. Corri através do quarto, abri a janela e olhei para fora. Quão quieto doce e saudável parecia o jardim à luz da lua que não hesitei em pular até ouvir o que se passou entre a minha salvadora e o bruto que me perseguia. Vendo-a maltratada, resolvi a todo custo voltar para protegê-la. O pensamento mal passou pela minha mente antes que ele chegasse à porta e, empurrando-a, atravessasse-a, porém ela, atirando os braços ao seu redor, procurou segurá-lo.

– Fritz! Fritz! – gritou ela, em inglês – não se esqueça de sua promessa da última vez. Você me disse que não aconteceria nada. Ele não contará. Oh! ele guardará segredo.

– Você está louca, Elisa? – exclamou ele, procurando livrar-se dela. – Você será a ruína de todos nós. Ele viu demais. Repito, deixe-me passar.

Empurrou-a para um lado e, correndo até a janela, avançou para mim com a sua arma. Soltara-me do peitoril, mas estava pendurado com os dedos no vão da janela e as mãos no peitoril quando ele desceu o machado. Senti uma dor mortal, perdi o apoio e caí em baixo no jardim.

Estava atordoado, mas não machucado pela queda; portanto, levantei-me e corri até uns arbustos tão depressa quanto possível, porque compreendi que ainda não estava fora de perigo. De repente, enquanto corria, senti tontura e náuseas. Olhei a mão que latejava dolorosamente e então vi que o dedo polegar havia sido decepado e que o sangue jorrava da ferida. Esforcei-me por amarrar o lenço ao redor do dedo, mas veio um zumbido aos ouvidos e, no momento seguinte, caí desfalecido entre as roseiras.

Quanto tempo fiquei assim não posso dizer, mas deve ter sido bastante, porque a lua havia desaparecido no horizonte e uma bela aurora estava surgindo quando recuperei os sentidos. Minha roupa estava toda ensopada pelo orvalho e a manga molhada de sangue. O latejar fez-me recordar tudo que havia ocorrido naquela noite e pus-me de pé, pensando que talvez ainda não estivesse fora do perigo dos meus perseguidores. Mas, para admiração minha, quando lancei a vista ao redor, não pude ver nem casa, nem jardim. Estivera deitado num ângulo da sebe ao lado da estrada e logo abaixo descobri que era a estação onde havia chegado à noite anterior.

Não fosse a mão machucada, tudo que havia acontecido durante aquelas horas terríveis poderia ser interpretado como um sonho mau.

Meio estonteado ainda, entrei na estação e indaguei sobre o trem da manhã. Haveria um em menos de meia hora para Reading. Vi que era o mesmo guarda da noite anterior que ainda estava de serviço. Perguntei-lhe se ouvira falar do Coronel Lysander Stark, mas o nome lhe era estranho. Perguntei-lhe se havia observado um carro que estava à minha espera na noite passada; respondeu-me que não. Se havia uma estação policial; só a 3 milhas distante.

Era demasiado longe para eu ir. Tão fraco e doente me sentia que resolvi voltar para a cidade antes de procurar a polícia. Cheguei às 6 e pouco, fui primeiro à casa do doutor e ele teve a bondade de trazer-me aqui. O caso está em suas mãos e farei exatamente o que o senhor me aconselhar.

Ficamos, os dois, em silêncio por algum tempo, depois de ouvir a narrativa. Então, Sherlock Holmes tirou da prateleira um de seus volumosos livros no qual guardava seus recortes.

– Aqui está um anúncio que vai interessá-lo – disse ele. – Saiu em todos os jornais cerca de um ano atrás.

Escutem:

> Desaparecido desde o dia 9 do corrente, o Sr. Jeremias Hayling, com 26 anos de idade, mecânico hidráulico. Deixou seus pertences às 22 horas e nunca mais se soube dele. Estava vestido, etc., etc...

Ah! Isto significa que foi a última vez que o coronel precisou que sua máquina fosse consertada, suponho.

– Céus! – exclamou meu cliente. – Então isso explica o que a moça disse.

– Sem dúvida. Está claro que o coronel é homem insensível e desesperado, que estava resolvido a que nada o estorvasse, como aqueles piratas que não deixam nenhuma alma vivente no navio capturado. Bem, cada momento agora é precioso, assim, se você se sente com bastante força iremos até a Scotland Yard, antes de partirmos para Eyford.

Daí a umas três horas estávamos todos no trem, caminhando de Reading para a pequena aldeia de Berkshire. Éramos, Sherlock Holmes, o mecânico, o inspetor Bradstreet da Scotland Yard, um detetive e eu.

Bradstreet havia estendido um mapa de uso da artilharia sobre o banco e estava-se ocupando com o compasso, desenhando um círculo, tendo por centro Eyford.

– Aqui está – disse ele. – Aquele círculo está dentro de uma área de 10 milhas da vila. O lugar onde precisamos ir deve estar perto daquela linha. Penso que o senhor disse 10 milhas, não?

– Levou uma boa hora para lá chegarmos.

– E o senhor acha que eles o carregaram todo aquele caminho de volta, enquanto estava desmaiado.

– Deveriam tê-lo feito. Tenho uma idéia confusa de me sentir levantado e carregado para qualquer lugar.

– O que não posso compreender – disse eu – é por que lhe pouparam a vida quando o encontraram no jardim. Talvez o malvado do homem houvesse cedido aos rogos da senhora.

– Duvido. Nunca vi um rosto mais diabólico em minha vida.

– Oh! logo veremos – disse Bradstreet. – Bem, fiz meu círculo e só desejaria saber a que ponto dele devemos ir para encontrar as pessoas que estamos procurando.

– Penso que posso deitar a mão nele – disse Holmes.

– Francamente –, disse o inspetor. – Você já formulou sua opinião! Vamos então, e veremos quem concorda consigo. Eu digo que é para o sul, porque o país é menos povoado ali.

– Eu digo que é para leste – disse o cliente.

– Sou pelo oeste – disse o detetive –, porque é onde há muitas aldeias calmas.

– Digo para o norte – exclamei –, porque não

há elevações e nosso amigo disse que não sentiu que o carro subisse.

– Vamos com isso – disse o inspetor rindo –, é muita diversidade de opiniões. Cercamos o próprio círculo. Com qual de nós o senhor concorda?

– Vocês estão todos errados.

– Mas não todos, é impossível.

– Estão sim. Este é o meu ponto.

E colocou o dedo bem no centro do círculo.

– É aqui que os vamos encontrar.

– Mas a viagem de 12 milhas? – perguntou Hatherley.

– Seis para lá e seis para cá. Nada mais simples. Você mesmo disse que o cavalo estava descansado e limpo, quando entrou no carro. Como poderia estar assim se houvesse caminhado 12 milhas em caminhos ruins?

– Deveras, é ardil astucioso e bem provável – observou Bradstreet pensativo. – Não pode haver dúvida quanto à natureza destes gângsteres.

– Nenhuma – disse Holmes. – São fabricantes de moedas, em grande escala, e usam a máquina para formar o amálgama que serve em lugar da prata.

– Já soubemos que há alguém fazendo isso – disse o inspetor. – Fabricam meias coroas aos milhares. Já temos uma pista deles até Reading, mas é só, porque encobriram o rasto, porém agora, com esta extraordinária coincidência, creio que os apanharemos enfim.

Mas o inspetor enganou-se, pois aqueles criminosos não estavam destinados a cair nas mãos da justiça. Quando o trem entrou na estação de Eyford, vimos uma gigantesca coluna de fumaça subindo por trás de um renque de árvores, na vizinhança, e que pairava como enorme avestruz sobre a paisagem.

– Um incêndio? – perguntou Bradstreet.

– Sim, senhor – disse o chefe da estação.

– Quando foi que começou?

– Ouvi dizer que foi durante a noite, mas aumentou e o lugar está todo em chamas.

– De quem é a casa?

– Do Dr. Becker.

– Diga-me – interrogou o mecânico –, o Dr. Becker é um alemão, alto e magro, nariz fino?

O chefe riu-se a valer:

– Não senhor, o Dr. Becker é inglês e não há homem nesta paróquia que tenha os bolsos tão bem forrados de dinheiro. Mas com ele mora um cavalheiro, um cliente creio, que é estrangeiro, e para ele, sim, alguns bons bifes de Berkshire lhe fariam bem.

O chefe não havia acabado de falar e nós estávamos a caminho, em direção ao incêndio. A rua estava no alto de uma colina baixa e ali à nossa frente achava-se um grande edifício, soltando fogo por todas as janelas e aberturas. Havia três carros de bombeiros no jardim, que se esforçavam em vão para extinguir as chamas.

– É lá – exclamou Hatherley muito nervoso. – Lá está a estrada de areia e lá estão as roseiras onde caí. Aquela segunda janela foi de onde pulei.

– Bem, pelo menos você vingou-se deles. Não pode haver dúvida de que sua lâmpada de querosene, quando esmagada na prensa, ateou fogo nas paredes de madeira, mas estavam tão empenhados na correria atrás de você que não perceberam. Agora, observe bem, para ver se os seus amigos de ontem estão no meio desta multidão, embora pense que já se encontram a cem milhas daqui.

Os cálculos de Holmes foram confirmados, porque desde aquele tempo até hoje nunca se ouviu falar daquele alemão, nem da linda moça, nem do inglês melancólico. Pela manhã daquele mesmo dia, um camponês encontrou uma carroça levando diversas pessoas e alguns caixões grandes, que ia depressa em direção a Reading, mas ali desapareceram todos os sinais deles; até Holmes, com toda a sua engenhosidade, nunca pode encontrar uma pista.

Os bombeiros acharam muito esquisitos alguns dos arranjos na casa e ainda mais quando encontraram um dedo polegar humano sobre o peitoril de uma janela do segundo andar. À tardinha, foram recompensados seus esforços e subjugaram as chamas, mas o telhado já havia caído e o lugar reduzido a completa ruína; salvo alguns cilindros retorcidos e encanamentos de ferro, nada mais ficou da maquinaria. Grandes massas de níquel e lata foram achadas num alpendre, mas não encontraram moedas, pois, sem dúvida, levaram-nas nos caixões a que se referiu o camponês.

A maneira como nosso mecânico fora levado do jardim ao lugar onde se encontrava ao recuperar os sentidos continuaria como mistério, não fosse o que a terra mole nos contou. Fora carregado por duas pessoas, uma das quais tinha pés pequenos e a outra pés excepcionalmente grandes.

– É possível que o inglês quieto, sendo menos atrevido e menos sanguinário do que seu companheiro, auxiliasse a moça a levar o jovem inconsciente para fora do perigo.

– Bem! – disse nosso mecânico, tristemente, enquanto sentávamos no trem, de volta para Londres – foi um negócio bem ruim para mim! Perdi meu polegar, perdi 50 guinéus, e que foi que ganhei?

– Experiência – disse Holmes, rindo. – Indiretamente pode ser de muito valor, você só tem que a pôr em palavras para ganhar fama de ser um excelente companheiro para o resto da vida.

IV

O SOLTEIRÃO NOBRE

O casamento de Lorde St. Simon e seu curioso término há muito perdeu o interesse no elevado círculo que o infeliz noivo freqüentava. Outros escândalos o eclipsaram e novos pormenores desviaram do caso os bisbilhoteiros durante estes quatro anos que se passaram depois do drama. Julgo que tenho razão quando digo que todos os fatos nunca chegarão a ser publicados, mas como meu amigo Sherlock Holmes auxiliou muito no esclarecimento do caso, acho que nenhuma de suas memórias seria completa sem um pequeno esboço desse episódio admirável.

Faltavam apenas poucas semanas para meu próprio casamento e ainda estava alojado com Holmes em Baker Street, quando uma bela tarde depois de haver dado um passeio, ele chegou e encontrou uma carta em cima da mesa, à sua espera. Eu não havia saído de casa o dia todo, porque o tempo mudara de repente, chuva com ventos fortes de outono e a bala de chumbo que trazia comigo em uma das pernas, como relíquia da campanha do Afeganistão, latejava com persistência. Sentado em uma poltrona e as pernas estendidas em outra, cerquei-me de uma nuvem de jornais, até que, finalmente, cansado das notícias do dia, sem ânimo, olhando o grande brasão e monograma impressos no envelope em cima da mesa e imaginando, preguiçosamente, sobre quem seria esse nobre correspondente de meu amigo.

– Aqui está uma epístola da moda – observei quando ele entrou. Suas cartas esta manhã, se me lembro bem, foram de um peixeiro e de um vigia marítimo.

– Sim, minha correspondência, pelo menos, traz variedade – disse ele, sorrindo –, e as mais humildes são usualmente as mais interessantes. Esta parece ser um daqueles desagradáveis convites sociais que obrigam a gente a ficar amolada, ou mesmo a mentir.

Partiu o selo e passou a vista no conteúdo.

– Oh! veja, pode ser que seja de algum interesse, afinal de contas.

– Não é social, então?

– Não, distintamente profissional.

– E de um cliente nobre?

– Um dos mais nobres da Inglaterra.

– Meu caro amigo, congratulo-me consigo.

– Asseguro-lhe, Watson, que a posição de meu cliente é de menos interesse para mim do que o caso a tratar com ele. É possível, todavia, que não seja sem interesse a sua posição, nas investigações. Você tem lido os jornais diligentemente estes dias, não é assim?

– Parece que sim – disse eu tristemente –, não posso fazer outra coisa.

– Foi bom, porque talvez possa dar-me informações. Pessoalmente, não tenho lido outra coisa sobre crimes. Mas, se você seguiu os últimos acontecimentos, deve ter lido sobre o casamento de Lorde St. Simon.

– Oh! sim, é de grande interesse.

– Está bem. Esta carta é de Lorde St. Simon. Vou lê-la para você ouvir e depois você me dará os jornais que façam alguma referência ao caso. Eis o que ele diz:

> Caro Sr. Sherlock Holmes.
>
> Lorde Backwater disse-me que podia confiar francamente o meu caso ao seu julgamento e discrição. Resolvi, portanto, fazer-lhe uma visita a fim de consultá-lo com referência ao doloroso ocorrido relacionado com o meu casamento. O Sr. Lestrade, da Scotland Yard, já está tratando do caso, mas ele me assevera que não faz objeção alguma à cooperação sua e, ao contrário, acha que será de grande auxílio. Irei à sua casa hoje às 16 horas; se tiver qualquer outro compromisso, desejaria que o senhor o adiasse, visto ser este negócio de máxima importância.
>
> Sinceramente,
>
> *Robert St. Simon*

– A carta trazia o endereço de Grosvenor Mansions, fora escrita com pena de ganso e o nobre lorde teve a infelicidade de sujar de tinta o lado de fora de seu dedinho direito – observou Holmes, ao dobrar a carta.

– Na carta diz 16 horas. São 15 agora. Daqui a uma hora deverá chegar.

– Então tenho o tempo justinho de, com seu auxílio, obter esclarecimentos sobre o assunto. Vire aqueles jornais e ponha os recortes na ordem de sua ocorrência, enquanto procuro os acontecimentos relacionados com o meu cliente.

Nisto tirou da estante um volume de capa vermelha, de uma carreira de livros com referências.

– Aqui está – disse ele, sentando-se e abrindo o livro sobre os joelhos. – Lorde Roberto Walsingham de Vere St. Simon, 2º filho do Duque de Balmoral. Hum! Brasão Azul, três ramos sobre uma faixa negra. Nasceu em 1846. Portanto, tem 41 anos, idade madura para se casar. Foi vice-secretário das colônias numa das últimas administrações. O duque, seu pai, foi há tempos Secretário do Exterior. São de sangue Plantageneta, por descendência direta, e sangue Tudor, por descendência indireta. Ah! Bem, não há nada muito instrutivo nisso tudo. Vou me referir ao que você pode dizer, Watson, e assim ter conhecimentos mais sólidos.

– Dá-me um pouco de trabalho encontrar o que é preciso, os fatos são recentes e o caso chamou minha atenção. Receei contar-lhe a respeito, porque você estava fazendo investigações importantes sobre outro assunto e não gosta de intromissão de outras coisas.

– Oh! você quer se referir ao pequeno problema do caminhão de Grosvenor Square. Aquilo já estava tudo esclarecido, desde o começo não havia muita dúvida. Dê-me o resultado dos recortes dos jornais.

– Aqui está o primeiro que encontrei. Está na coluna social do *Morning Post* e tem a data de algumas semanas passadas.

> Um casamento foi contratado, se forem certos os rumores, e realizar-se-á brevemente entre Lorde Robert St. Simon, 2º filho do Duque de Balmoral, com a Srta. Hatty Doran, filha única de Aloysius Doran, Esq., de São Francisco, Califórnia, U.S.A.

– É só.

– Curto, mas preciso – observou Holmes, estendendo as pernas compridas e magras diante do fogo.

– Há um parágrafo ampliando isto, num dos jornais sociais da semana. Ah! aqui está ele.

> Breve haverá necessidade de uma medida de proteção no mercado dos casamentos, porque o atual princípio de intercâmbio parece prejudicar o que é nosso. Um a um, o governo das casas nobres da Grã-Bretanha está-se passando para as mãos de nossas primas bonitas do outro lado do Atlântico. Um aumento importante foi feito durante a se-

mana passada à lista de prêmios que tem sido levada por estes invasores. Lorde St. Simon, que se tem demonstrado irredutível contra as flechas amorosas de Cupido, durante estes 20 anos, anunciou agora, definitivamente, o seu próximo casamento com a Srta. Hatty Doran, atraente filha de um milionário da Califórnia. Da Srta. Doran, cujo rosto bonito e figura esbelta atraíram muita atenção nas festividades de Westbury House, como filha única, diz-se que seu dote será considerável, acima de 6 algarismos, com esperanças de mais para o futuro. Como todo o mundo sabe, o Duque de Balmoral tem tido necessidade de vender seus quadros nestes últimos anos, e como Lorde St. Simon não possui propriedades, exceto a pequena herdade de Birchmoor, é óbvio que não só a moça rica da Califórnia ganhará com a aliança que a habilitará a fazer transição fácil de senhora republicana para fidalga britânica.

– Que mais? – disse Holmes, bocejando.

– Oh! sim, há bastante ainda. No *Morning Post* há outra nota que diz que o casamento será muito simples e será assistido apenas por pessoas da família de ambos, realizando-se na igreja de St. George, Hanover Square, indo em seguida para a casa mobiliada e alugada, em Lancaster Gate, pelo Sr. Aloysius Doran. Dois dias depois – isto é, na quarta-feira última – há uma pequena notícia de que o casamento se realizou e que a lua-de-mel seria passada na herdade de Lorde Backwater, perto de Petersfield. São só estas notícias que foram publicadas antes do desaparecimento da noiva.

– Antes do quê? – perguntou Holmes, dando um pulo.

– A senhora desapareceu.

– Quando foi isto?

– Por ocasião do almoço de casamento.

– Deveras! Esse é um caso bem interessante, mais do que parecia ser; bem dramático até.

– Sim, parece ser fora do comum.

– Freqüentemente, desaparecem antes da cerimônia e às vezes durante a lua-de-mel; mas não me recordo de qualquer coisa tão apressada como esta. Conte-me os pormenores.

– Aviso-o de que são muito incompletos.

– Talvez nós os completemos.

– Tantos quantos sejam, acham-se num simples artigo de um jornal matutino de ontem; vou lê-lo. O cabeçalho é este:

SINGULAR OCORRÊNCIA EM UM CASAMENTO ELEGANTE

A família de Lorde Robert St. Simon foi lançada numa grande consternação pelos estranhos e dolorosos episódios que ocorreram com relação ao seu casamento. A cerimônia, como foi anunciada nos jornais de ontem, realizara-se na manhã do dia anterior; porém, só agora nos foi possível confirmar os rumores estranhos que nos rodeiam com tanta persistência. Apesar dos esforços de amigos e parentes para encobrir o incidente, a atenção pública está de tal forma aguçada, que não adianta abafar o que se tornou conversa comum a todos.

A cerimônia, que fora realizada na Igreja de St. George, em Hanover Square, foi de natureza íntima; ninguém, a não ser o pai da noiva, Sr. Aloysius Doran, a Duquesa de Balmoral, Lorde Bankwater, Lorde Eustace e Lady Clara St. Simon (os irmãos mais moços do noivo), e Lady Alice Wittinghton. Todos foram em seguida para a casa do Sr. Aloysius Doran, em Lancaster Gate, onde o almoço estava preparado. Houve um pequeno incidente pela manhã, causado por uma mulher, cujo nome não se pôde descobrir, que se esforçou para entrar na casa logo depois de haverem entrado os participantes do casamento, alegando que tinha uma reclamação a fazer contra Lorde St. Simon. Só depois de longa discussão, foi que o copeiro e o lacaio puderam pô-la na rua. A noiva, que felizmente havia entrado antes da desagradável interrupção, tinha ido sentar-se à mesa com os outros, quando começou a queixar-se de forte dor de cabeça e retirou-se para seu quarto. Como a sua ausência prolongada estava causando comentários, o pai foi procurá-la mas soube pela aia que ela apenas subiu ao quarto, pegou a capa e a touca e desceu apressadamente para o corredor. Um dos lacaios declarou que havia visto uma senhora sair de casa assim vestida, mas não quis acreditar que fosse sua patroa, julgando que ela estava ao lado dos visitantes.

Ao saber que sua filha havia desaparecido, o Sr. Aloysius Doran, juntamente com o noivo, puseram-se em comunicação com a polícia e as mais apuradas investigações estão sendo feitas, as quais provavelmente resultarão num esclarecimento desse caso. Ontem, até tarde, todavia, não se havia descoberto coisa alguma quanto ao lugar onde tivesse ido a noiva. Há boatos de que houve um rapto e diz-se que a polícia prendeu a mulher que causou o escândalo na esperança de que, por inveja ou qualquer outro motivo, poderia ela ter tomado parte na fuga da noiva.

– É só isso?

– Só mais um pequeno item em outro jornal matutino, o qual é sugestivo.

– O que é?

– É que a Srta. Flora Millar, a moça que havia sido a perturbadora, já foi presa. Ela era, anteriormente *danseuse* no Clube Alegro, e parece que se deu com o noivo durante anos. Não há mais particularidades e o caso está todo em suas mãos agora, isto é, tudo quanto foi publicado.

– E é um caso excessivamente interessante, não o deixaria escapar. Mas, alguém está tocando a campainha, Watson, e como o relógio está marcando alguns minutos depois das 16 horas, não duvido que seja nosso nobre cliente. Não se retire, Watson, prefiro que você seja testemunha, apenas para me lembrar alguma coisa.

– Lorde Robert St. Simon – anunciou nosso criado, abrindo a porta.

Entrou um cavalheiro de fisionomia agradável e demonstrando cultura; muito pálido, nariz alto e boca algo petulante. Seu olhar era de homem cuja sorte o havia colocado em posição de comando e habituado a ser obedecido.

Seus movimentos eram ligeiros, embora a aparência geral desse a impressão de bastante idade, porque já estava um pouco arcado e dobrava os joelhos ao andar. Quando tirou o chapéu, vimos que seu cabelo já se estava tornando grisalho. Quanto à roupa, casaco preto, alinhado a ponto de ser pedante. Trazia colarinho alto, colete branco, luvas amarelas, sapatos de pelica com polainas claras. Entrou na sala vagarosamente, olhando de um lado para outro e balançando na mão direita um cordel a que estava preso um *pince-nez* de ouro.

– Bom dia, Lorde St. Simon – disse Holmes, levantando-se e fazendo vênia. – Queira sentar-se na cadeira de vime. Este é meu amigo e colega Dr. Watson. Chegue-se mais perto do fogo e assim conversaremos melhor sobre o negócio.

– Negócio muito doloroso para mim, como pode imaginar, Sr. Holmes. Fui profundamente ferido. Compreendo que o senhor já tratou de diversos casos delicados desta natureza, embora presumo que não eram da mesma sociedade a que eu pertenço.

– Não, estou descendo.

– Perdão, o que foi que disse?

– Disse que meu último cliente foi um rei.

– Oh, verdade? Não tinha idéia. E que rei?

– O rei da Escandinávia.

– O que ele perdeu? A esposa?

– O senhor compreende – disse Holmes suavemente – que guardo o mesmo segredo a respeito dos negócios de meus clientes como prometo ao senhor no que se refira ao seu.

– Naturalmente! Muito bem! Peço perdão. Quanto ao meu caso estou pronto a dar-lhe qualquer informação que possa ajudá-lo.

– Obrigado. Já sei tudo que saiu na imprensa, nada mais. Presumo que posso considerar exato este artigo, por exemplo, o desaparecimento da noiva.

Lorde St. Simon passou a vista no recorte e disse:

– Sim, está correto.

– Mas necessito de um grande suplemento antes de poder tirar uma conclusão. Penso que chegarei a uma decisão mais depressa, interrogando o senhor.

– Peço-lhe que o faça.

– Quando foi que o senhor encontrou a Srta. Hatty Doran pela primeira vez?

– Em São Francisco, há um ano.

– O senhor estava em visita aos Estados Unidos?

– Sim.

– Ficaram noivos naquela ocasião?

– Não. Achei interessantes seus modos e ela percebeu que eu gostava de estar a seu lado.

– O pai dela é muito rico?

– Dizem que é o homem mais rico daquele lado do Pacífico.

– Como foi que ganhou o dinheiro?

– Em minas. Até há poucos anos não tinha nada, depois descobriu ouro, empregou o capital de modo lucrativo e enriqueceu de súbito.

– Diga-me agora, qual é sua impressão pessoal quanto ao caráter da jovem, sua esposa?

O nobre balançava o *pince-nez* cada vez mais e olhava para o fogo.

– Veja, Sr. Holmes – disse ele –, minha esposa já havia feito 20 anos, antes de seu pai tornar-se rico. Durante esse tempo todo, levou vida livre nos campos onde estavam as minas, vagava pelas florestas e subia montanhas, tanto que a sua educação veio apenas de seu encontro com a natureza, não de mestre-escola. Ela é o que aqui na Inglaterra nós chamamos de moça arrojada, livre de tradições. É impetuosa, vulcânica mesmo, era o que ia dizer. Sabe logo o que deve fazer e é destemida ao levar avante suas resoluções. De outra forma não a deixaria participar do nome honroso que possuo (neste ponto ele tossiu de leve), se imaginasse que não fosse de coração nobre. Creio que é capaz de se sacrificar heroicamente e qualquer coisa desonrosa ser-lhe-ia repugnante.

– Tem uma fotografia dela?

– Trouxe esta comigo.

Abriu o medalhão e mostrou-nos o rosto, de frente, de uma moça muito linda. Não era fotografia, mas uma medalha em madrepérola, e o artista havia sabido salientar o cabelo preto lustroso, os olhos escuros, a boca perfeita. Holmes olhou por longo tempo, depois fechou o medalhão e entregou-o a Lorde St. Simon.

– Então a moça veio para Londres e o senhor renovou sua amizade com ela?

– Sim, o pai a trouxe para passar este inverno em Londres. Encontrei-a diversas vezes, ficamos noivos e agora casamos.

– Ela trouxe, eu compreendo, um grande dote.

– Uma boa herança. Mas não é mais do que o usual em minha família.

– E esta herança, com certeza, veio para o senhor, desde que o casamento é um *fait accompli*?

– Franqueza, não tratei nada a respeito disto.

– Naturalmente que não. O senhor viu a Srta. Doran no dia anterior ao casamento?

– Sim.

– Estava ela de bom humor?

– Nunca esteve melhor. Falava continuamente sobre o que iríamos fazer no futuro.

– Deveras! É muito interessante isto. E na manhã do casamento?

– Estava muito alegre, isto é, antes da cerimônia.

– Observou alguma mudança nela?

– Bem, para dizer a verdade, foi então que percebi os primeiros sinais de um temperamento ríspido. O incidente, todavia, era demais trivial para relatar, e não pode ter relação com o que sucedeu.

– Mesmo assim, é favor que nos conte.

– Oh! é mera criancice. Ela deixou cair o buquê quando fomos para a sacristia. Íamos passando em frente ao primeiro banco na igreja, e o buquê caiu por cima do banco no chão. Houve apenas a demora de um instante, porém o cavalheiro que estava no banco suspendeu-o e entregou-lho, não acontecendo nada; contudo, quando lhe falei a respeito, respondeu-me abruptamente e, no carro de volta para casa, parecia demasiado agitada com esse incidente tão trivial.

– Deveras! O senhor disse que um moço havia estado no banco, então havia pessoas do povo também lá?

– Oh! sim. É impossível excluí-las quando as portas da igreja estão abertas.

– Este senhor não era um conhecido de sua esposa?

– Não, não; eu o chamei cavalheiro por cortesia, mas era uma pessoa comum. Mal reparei nele. Mas penso que nos estamos desviando do assunto.

– Lady St. Simon, então, voltou do casamento menos alegre do que quando foi. O que foi que ela fez ao chegar à casa do pai?

– Eu a vi conversando com a aia.

– E quem é a sua aia?

– O seu nome é Alice. É americana e veio da Califórnia com ela.

– É moça de confiança?

– Tanto quanto se possa ser. Pareceu-me que a patroa lhe dava liberdade em demasia. Mas, por certo, na América, olham estas coisas de outro modo.

– Por quanto tempo ficou falando com essa Alice?

– Oh! poucos minutos. Estava pensando em outras coisas.

– Então o senhor não ouviu o que disseram?

– Lady St. Simon falou algo a respeito de fazer uma reivindicação. Estava acostumada a usar gíria. Não tenho idéia sobre o que queria dizer.

– A gíria americana é muito expressiva às vezes. O que foi que sua esposa fez, depois de conversar com a aia?

– Entrou na sala para o almoço.

– No seu braço?

– Não, sozinha. É de espírito muito independente em coisas assim. Depois de estarmos sentados uns 10 minutos, levantou-se rapidamente, disse algumas palavras pedindo desculpas, saiu da sala e não mais voltou.

– Mas essa aia, Alice, assim compreendo, depôs que a patroa subiu ao quarto, cobriu seu vestido de noiva com uma capa, colocou a touca e saiu de casa.

– Exatamente, e foi vista mais tarde passeando em Hyde Park em companhia de Flora Millar, a mulher que agora está presa, e que já havia feito desordem pela manhã em casa do Sr. Doran.

– Ah! sim. Gostaria de saber algumas particularidades a respeito dessa moça e sobre suas relações com ela.

Lorde St. Simon encolheu os ombros e levantou as sobrancelhas.

– Conhecemo-nos há alguns anos e, posso afirmar, somos bem conhecidos um do outro. Ela ia ao Clube Allegro. Tratava-a generosamente e não podia queixar-se de mim, mas o Sr. Holmes sabe o que são as mulheres. Flora era boazinha, mas descabeçada, e gostava muito de mim. Escreveu-me cartas horríveis quando soube que ia me casar e, para dizer a verdade, a razão por que desejei que tudo fosse feito sem convites foi pressentir que poderia haver escândalo na igreja. Ela foi à porta do Sr. Doran logo após nossa volta e esforçou-se por entrar, falando uma linguagem ofensiva a respeito de minha esposa e até ameaçando-a; porém, como havia previsto a possibilidade de alguma coisa desse gênero, havia dado instruções aos meus empregados, que logo a puseram para fora e, quando percebeu que não adiantava fazer barulho, ficou quieta e foi-se embora.

– Sua esposa ouviu tudo isso?

– Não, graças a Deus, não ouviu.

– E as duas foram vistas andando juntas depois?

– Sim. Isto é de fato o que o Sr. Lestrade, da Scotland Yard, acha coisa muito séria. Pensa que Flora atraiu minha mulher e aprontou alguma armadilha para ela.

– Bem, é uma suposição possível.

– O senhor pensa assim também?

– Eu não disse que é provável, mas o senhor mesmo não acha assim?

– Acho que Flora não feriria uma mosca.

– Todavia, o ciúme é grande transformador de caráter. Diga-me qual é a sua teoria a respeito do que aconteceu.

– Para falar a verdade, vim aqui à procura de uma teoria, não para propor uma. Dei-lhe todos os fatos; contudo, uma vez que me perguntou, digo-lhe que o que me ocorreu como sendo possível foi que a excitação desse negócio e a idéia de haver dado tão grande passo na escala social tiveram o efeito de causar uma perturbação mental em minha mulher.

– Isto é, que ela ficou louca de repente?

– Bem, quando digo que ela virou as costas, já não digo para mim, mas a tudo que tantas têm desejado possuir sem conseguir obter, não posso explicar a coisa de outro modo.

– Bem, certamente, isso é também uma hipótese possível – disse Holmes sorrindo. – Agora, Lorde St. Simon, julgo que tenho todos os dados que preciso. Posso perguntar se, quando o senhor estava sentado à mesa, podia ver fora da janela?

– Podia ver o outro lado da rua e o parque.

– Muito bem. Então penso que não preciso detê-lo por mais tempo. Comunicar-me-ei com o senhor mais tarde.

– Se for feliz em resolver este problema – disse nosso cliente, levantando-se.

– Já resolvi.

– Hem? O que foi que o senhor disse?

– Digo que já resolvi o problema.

– Onde está minha mulher?

– Este é um pormenor que logo suprirei.

Lorde St. Simon abanou a cabeça.

– Temo ter de precisar de cabeças mais sábias do que a sua e a minha – observou ele e, curvando-se de maneira pomposa e estilo antigo, foi-se embora.

– Foi muita bondade de Lorde St. Simon honrar minha cabeça, colocando-a no mesmo nível da sua – disse Sherlock Holmes, rindo. – Parece-me que será bom tomarmos um uísque com soda depois de tantas perguntas. Já havia tirado minhas conclusões do caso antes de nosso cliente haver entrado.

– Holmes!

– Tenho anotações de diversos casos semelhantes, como já disse. O exame todo serviu para tornar minha conjetura em certeza. Evidência circunstancial é às vezes muito convincente, quando você achar uma truta dentro do leite, para citar o exemplo Thoreau.

– Mas ouvi tudo quanto você ouviu.

– Sem, todavia, ter o conhecimento de casos preexistentes que me ajudam tão bem. Houve um idêntico em Aberdeen há alguns anos atrás e outro parecido em Munique no ano após a guerra franco-russa. É um daqueles casos. Mas, alô, aqui está Lestrade. Boa tarde, Lestrade! Há outro copo sobre o bufê, e há charutos na caixa.

O detetive oficial estava vestido com jaqueta e gravata que lhe davam aparência decididamente náutica, e trazia uma pasta na mão.

Cumprimentando-nos laconicamente, sentou-se e acendeu o charuto que lhe havia sido oferecido.

– O que há então? – perguntou Holmes, piscando um olho. – Você parece não estar muito satisfeito.

– Não me sinto satisfeito. É este caso infernal do casamento de St. Simon. Não posso achar pé nem cabeça nesse negócio.

– Deveras? Você me surpreende.

– Quem jamais ouviu falar em coisa tão confusa? Cada pista nos escapa. Tenho estado trabalhando nele o dia todo.

– E bem molhado parece que você ficou – disse Holmes deitando a mão sobre a manga da jaqueta do amigo.

– Sim, estive dragando o Serpentine.

– Céus, para quê?

– Procurando o corpo de Lady St. Simon.

Sherlock Holmes encostou-se para trás na poltrona e deu uma gargalhada.

– E você dragou o tanque de Trafalgar Square? – perguntou ele.

– Por quê? O que você quer dizer com isso?

– Porque você pode muito bem achar essa senhora tanto num lugar como noutro.

Lestrade olhou zangado para meu companheiro.

– Suponho que você já sabe tudo a respeito do caso – rosnou ele.

– Bem, acabei de ouvir os fatos agora, mas já tenho minha opinião.

– Oh! deveras? Então você pensa que o Serpentine não tem nada a ver com o negócio?

– Não é nada provável.

– Então você me explicará como achamos isto no rio.

Abriu sua pasta enquanto falava e caiu no assoalho um vestido de noiva de seda lavrada, um par de sapatos de cetim branco e o véu com a grinalda, tudo molhado e descorado pela água.

– Aí está – disse ele, colocando uma aliança nova em cima das outras peças. – Eis uma pequena noz para você quebrar, Mestre Holmes.

– Oh! deveras! – disse meu amigo, soprando caracóis de fumaça no ar. – Você tirou-os do Serpentine?

– Não. Foram descobertos boiando perto da margem por um dos guardas do parque. Foram identificados como pertencendo a Lady St. Simon, e pareceu-me que, se a roupa estava ali, o corpo não podia estar longe.

– Pelo mesmo brilhante raciocínio, então, o corpo de cada homem deve estar sempre perto de seu guarda-roupa? E diga-me, que conclusão você esperava tirar disto tudo?

– Alguma pista implicando Flora Millar no desaparecimento.

– Creio que será difícil.

– Agora está mesmo – disse Lestrade, com amargura. Estou apreensivo, Holmes. Acho que você não está bem preciso em suas deduções e conclusões. Cometeu dois erros em poucos minutos. Este vestido compromete a Srta. Flora Millar.

– Mas, como?

– O vestido tem um bolso. No bolso encontrei um cartão de visita. No cartão há uma anotação. E aqui está. – E jogou-o sobre a mesa à sua frente. – Escute isto:

> *Você me verá quando estiver tudo em ordem. Venha o quanto antes.*
>
> *F.H.M.*

– Agora, minha teoria, é que Lady St. Simon foi atraída por Flora Millar, e que esta, com o auxílio de outros, sem dúvida, é responsável pelo seu desaparecimento. Aqui, assinado com suas iniciais está o próprio bilhete que foi, com toda certeza, posto em sua mão, à porta, e que a atraiu para eles.

– Muito bem, Lestrade – disse Holmes, rindo. – Você é maravilhoso. Deixe-me vê-lo.

Pegou no papel negligentemente, mas a sua atenção foi despertada e logo deu um grito de satisfação.

– Este é deveras importante – disse ele.

– Ah! você acha que é?

– Muitíssimo. Dou-lhe os parabéns.

Lestrade levantou-se triunfante e abaixou a cabeça para olhar.

– Mas você está lendo o papel do lado do avesso exclamou ele.

– Ao contrário, este é que é o lado direito.

– O lado direito? Você está louco? Aqui está o bilhete escrito a lápis deste lado.

– E deste há o que parece ser uma parte de uma conta de hotel, que me interessa profundamente.

– Não vale nada. Já vi – disse Lestrade.

> Outubro 4, quarto 8 xelins; almoço 2 xelins e seis pence; coquetel 1 xelim; lanche 2 xelins e 6 pence; 1 copo de champanha 3 pence.

– Não vejo nada nisso.

– Talvez não. É de maior importância mesmo assim! Quanto ao bilhete é importante também, pelo menos as iniciais são, por isso, dou-lhe parabéns outra vez.

– E já gastei muito com isso – disse Lestrade, levantando-se – Gosto de trabalhar duro e não estar sentado ao lado do fogo tecendo belas teorias. Até logo Sr. Holmes, havemos de ver quem descobre isto tudo primeiro.

Juntou a roupa, pôs tudo na pasta e ia chegando à porta quando, Holmes disse:

– Tome esta sugestão a sério, Lestrade, eu lhe digo a verdadeira solução do caso. Lady St. Simon é um mito, não há e nunca houve tal pessoa.

Lestrade olhou tristemente para meu companheiro, depois olhou para mim, deu com a mão na testa três vezes, balançou a cabeça solenemente e foi-se embora às pressas.

Mal havia ele saído, Holmes levantou-se e vestiu o sobretudo.

– Há certamente alguma coisa no que disse aquele camarada a respeito do trabalho fora de casa; assim, Watson, vou deixá-lo com seus jornais durante algum tempo.

Já havia passado das 17 horas quando Sherlock Holmes me deixou; não tive tempo para me sentir solitário, pois não havia passado uma hora quando chegou um empregado da confeitaria com uma enorme caixa plana. Desembrulhou-a e abriu-a com o auxílio de outro rapaz, e logo, para surpresa minha, uma verdadeira ceia epicuréia começou a encher nossa mesa de mogno. Havia duas perdizes, um faisão, um *paté-de-foie-gras* e diversas garrafas. Tendo acabado de pôr tudo sobre a mesa, os meus dois visitantes sumiram-se, como o gênio das *Mil e Uma Noites*, sem dar uma explicação a não ser que estava pago e havia sido mandado para aquele endereço.

Pouco antes das 21 horas Sherlock Holmes entrou apressado. Sua fisionomia estava grave, mas havia uma luz em seus olhos, que me fez pensar que ele não tinha ficado desapontado em suas conclusões.

– Puseram a mesa, então? – disse ele, esfregando as mãos.

– Você parece que está esperando visitas, puseram a mesa para cinco pessoas.

– Sim, é possível que venha alguém, estou surpreendido que Lorde St. Simon ainda não tenha chegado. Ah! parece que é ele que vem subindo as escadas.

Era o nosso visitante da manhã, o qual entrou apressadamente, balançando o *pince-nez* mais depressa do que nunca e com ar perturbado em sua fisionomia aristocrática.

– Meu mensageiro falou-lhe então? – perguntou Holmes.

– Sim, e confesso que seu recado me surpreendeu imensamente. O senhor tem autoridade sobre aquilo que diz?

– A melhor possível.

Lorde St. Simon caiu numa cadeira e passou a mão na fronte.

– Que dirá o duque – murmurou ele – quando ouvir dizer que um da família foi sujeito a tão grande humilhação?

– É o mais puro acidente. Não posso admitir que haja humilhação.

– Ah! o senhor vê as coisas por outro prisma.

– Falta-me ver se alguém tem culpa. Não vejo outra coisa que a moça pudesse fazer, embora usasse aquele método abrupto, mas, não tendo mãe, ela não tinha a quem recorrer para aconselhá-la numa crise destas.

– Foi uma desfeita, senhor, um insulto público – disse Lorde St. Simon, batendo com as pontas do dedo na mesa.

– Mas o senhor precisa ser complacente com esta pobre moça, posta em posição tão sem precedentes.

– Não perdôo coisa alguma. Estou muito zangado e sinto que tenho sido humilhado.

– Estão tocando – disse Holmes.

– Sim, ouço passos no vestíbulo; uma vez que não consigo persuadi-lo a ser menos severo, Lorde St. Simon, trouxe um advogado que pode ser mais bem-sucedido do que eu.

Abriu a porta e deu entrada a uma senhora e um cavalheiro.

– Lorde St. Simon – disse ele –, permita-me apresentar-lhe o Sr. e a Sra. Francis Hay Moulton. A senhora, imagino, o senhor já a conhece.

À vista desses novos visitantes, nosso cliente pulou da cadeira e ficou ereto, mas cabisbaixo, a mão enfiada no peito do casaco, uma figura perfeita da dignidade ofendida.

A senhora havia dado um passo à frente e estendido a mão a Lorde St. Simon, que se recusou a levantar os olhos. Talvez fosse melhor, porque o rosto dela era o de quem pedia que não fizesse mau juízo a seu respeito e difícil de se resistir.

– Você está zangado, Robert – disse ela. Bem, penso que tem razão.

– Rogo-lhe que não me peça desculpas – disse Lord St. Simon, amargamente.

– Oh! sei que o maltratei e devia ter falado antes de ir embora, mas fiquei atordoada desde o momento que vi Frank novamente, não sabia o que estava falando ou fazendo. Não sei como não desmaiei perante o altar.

– Talvez, Sra. Moulton, gostaria que meu amigo e eu saíssemos da sala enquanto se explicam?

– Se me permitem, darei minha opinião – observou o cavalheiro estranho, – tem havido muito segredo em torno desse negócio todo. Por mim, gostaria que toda Europa e América soubessem dos fatos.

Era um homem forte, queimado pelo sol e com olhar vivo.

– Então vou contar toda a nossa história agora mesmo – disse a senhora.

Frank e eu nos encontramos em 1881, no acampamento de McQuire, perto das Rochosas, onde papai possuía uma propriedade. Ficamos noivos, mas um dia meu pai encontrou um rico veio de ouro e ganhou bastante dinheiro, enquanto o infeliz do Frank perdeu até a sua propriedade. Enquanto papai enriquecia, Frank empobrecia; finalmente meu pai não quis saber mais do nosso casamento e levou-me para São Francisco. Frank não desistiu e seguiu-me até lá, vendo-me sem que papai soubesse, pois este se enfurecia facilmente; por isso agíamos sozinhos. Só isto o tornaria louco e, assim nós mesmos resolvemos tudo a nosso respeito. Frank disse que voltaria para fazer fortuna e não me viria buscar até que estivesse tão rico como meu pai. Assim sendo, prometi não me casar com outro e esperá-lo quanto tempo fosse preciso.

– Por que não nos casamos agora? – perguntou ele. – Assim eu me sentiria seguro de você; porém não a levo comigo.

Consideramos muito o caso e ele havia arranjado tudo, até o próprio clérigo estava à espera; casamo-nos ali mesmo, naquela hora; e então Frank foi embora para fazer fortuna e eu voltei para meu pai.

A primeira coisa que ouvi a seu respeito foi que estava em Montana, em seguida fora explorar minas no Arizona, e depois em Novo México. Depois disto veio uma longa notícia em um jornal, sobre um acampamento de mineiros que havia sido atacado pelos índios Apaches, e o nome de meu Frank estava na lista dos mortos. Desmaiei e fiquei doente durante alguns meses. Meu pai julgou que eu houvesse contraído tuberculose e levou-me para consultar os melhores médicos de São Francisco.

Por mais de um ano não soube nada de Frank, por isso não duvidei de que ele estivesse realmente morto.

Foi quando apareceu Lorde St. Simon em São Francisco. Viemos para Londres e arranjou-se o casamento, ficando meu pai satisfeito; mas eu senti, durante todo esse tempo, que nenhum outro homem tomaria em meu coração o lugar que eu havia dado ao meu pobre Frank. Contudo, se houvesse casado com Lorde St. Simon teria cumprido o meu dever. Não se pode obrigar o amor, só podemos guiar-nos pelas nossas ações. Fui para o altar com ele com a intenção de ser boa esposa. Mas podem imaginar os meus sentimentos quando, ao chegar à grade do altar, voltei-me e vi Frank em pé, no primeiro banco, olhando-me; pensei que fosse um fantasma, mas, olhando de novo, lá estava ele ainda e como que perguntando com o olhar se eu estava alegre ou triste por vê-lo ali. Não sei como não caí, sei que tive uma tontura e as palavras pronunciadas pelo clérigo pareciam o zumbido de uma abelha em meus ouvidos. Não sabia o que fazer. Devia parar a cerimônia e fazer um escândalo na igreja? Olhei-o novamente e ele pareceu adivinhar o que eu estava pensando, porque suspendeu as mãos e colocou os dedos nos lábios, fazendo sinal para que me calasse. Vi que rabiscou alguma coisa num papel e sabia que era um bilhete. Quando passei perto do banco onde estava, em nossa saída, deixei cair o buquê e ele pôs o bilhete nas minhas mãos quando me entregou as flores. Era somente uma linha, pedindo-me para ir ter com ele que me fizesse um sinal. Está visto que reconheci que meu primeiro dever agora era com ele e resolvi fazer aquilo que me sugerisse.

Chegando à casa contei a minha empregada particular que o conhecia da Califórnia. Ordenei-lhe que não dissesse nada, mas que preparasse um pacote de roupa e tivesse minha capa à mão. Sei que devia ter falado com Lorde St. Simon, mas era muito difícil perante a mãe dele e toda aquela gente graúda. Resolvi fugir e contar tudo depois. Não fazia 10 minutos que estava à mesa, quando vi Frank pela janela, do outro lado da rua, acenando-me para que fosse ter com ele, indo depois andar pelo parque.

Saí da sala, vesti a capa e fui atrás dele. Uma mulher que eu não conheço veio dizer-me alguma coisa a respeito de Lorde St. Simon, pareceu-me, pelo pouco que ouvi, que ele também havia tido algum segredinho quando solteiro, mas, dei um jeito de fugir dela e seguir Frank. Tomamos um tílburi e fomos para uns cômodos que ele alugara em Gordon Square, e aquele foi meu verdadeiro casamento depois de tantos anos de espera.

Frank havia ficado prisioneiro dos Apaches, mas escapou, foi a São Francisco, soube que eu o julgava morto e havia ido para a Inglaterra. Seguiu-me ainda e encontrou-me enfim na hora do meu segundo casamento.

– Li o anúncio no jornal – explicou o americano, dava o nome da igreja, mas não dava o endereço da moça.

– Conversamos muito quanto ao que se devia fazer e Frank desejava que tudo fosse posto às claras, mas eu me sentia tão envergonhada de tudo, que desejava sumir e nunca mais ver nenhum deles; talvez mandasse umas linhas dando explicação ao meu pai, para que ele soubesse que estava viva. Era horrível lembrar-me de todos aqueles nobres ao redor da mesa esperando a minha volta. Por isso Frank pegou minha roupa de casamento, fez um embrulho e atirou-o num lugar onde ninguém visse. Talvez seguíssemos para Paris amanhã, se não fosse esse cavalheiro, Sr. Holmes, que foi ter conosco esta tarde. Como nos descobriu, não posso imaginar, contudo fez-nos ver como eu estava errada e que Frank tinha razão; que sofreríamos alguns vexames se guardássemos segredo sobre o assunto. Depois ofereceu-se para arranjar um encontro com Lorde St. Simon a sós, assim viemos diretamente para seu apartamento. Agora, Robert, você já ouviu tudo, sinto se lhe causei alguma aflição e espero que não pense mal de mim.

Lorde St. Simon continuou na mesma atitude rígida, mas havia ficado com a testa franzida e os lábios apertados durante toda essa narrativa.

– Desculpe-me – disse ele –, mas não é meu costume discutir meus negócios particulares publicamente.

– Então você não me perdoa nem me dá a mão antes de eu ir?

– Oh! certamente, se é que lhe causa prazer.

Estendeu a mão e pegou friamente a mão dela.

– Esperava que nos desse o prazer de cear amigavelmente conosco, – sugeriu Holmes.

– Penso que o senhor está pedindo demais – respondeu Lorde St. Simon. – Suponho que sou obrigado a aceitar os recentes acontecimentos, mas não devem esperar que me regozije com eles. Com sua licença, desejo-lhes, a todos, boa noite.

Incluiu também a nós e, numa profunda reverência, saiu pomposamente.

– Então espero pelo menos que o senhor me honre com a sua companhia, – disse Holmes. – É sempre um prazer para mim, Sr. Moulton, encontrar um americano, porque sou um daqueles que crêem que a doidice de um monarca e os erros de um ministro em tempos idos não impedirão que nossos filhos algum dia se tornem cidadãos do mesmo país universal sob uma bandeira que será dividida entre a *Union Jack* da Inglaterra e as *Stars and Stripes* da América.

– Este caso tem sido muito interessante – observou Holmes, depois da partida de nossos visitantes. – Serve para demonstrar claramente quão simples pode ser a explicação de uma coisa que antes parecia inexplicável. Nada poderia ser mais natural do que a seqüência dos acontecimentos narrados por esta moça e nada mais estranho do que o resultado, quando visto, por exemplo, pelo Sr. Lestrade da Scotland Yard.

– Você então não se enganou?

– Desde o começo dois fatos eram óbvios para mim: um, que a moça havia consentido na cerimônia do casamento, e o outro é que se arrependera poucos minutos depois de chegar à casa. Estava claro que alguma coisa acontecera aquela manhã para fazê-la mudar de opinião. O que podia ser? Ela não falou com ninguém quando saiu da igreja, porque estava junto ao noivo. Teria ela visto alguém da América? Pois neste país estivera tão pouco que aqui não poderia haver quem tivesse tão grande influência sobre ela que, à simples vista, a induzisse a mudar seus planos completamente. Chegamos, como você vê, pelo processo da exclusão, à idéia de que poderia ter visto um americano. Então quem seria esse americano, e por que exercia tanta influência sobre ela? Podia ser um namorado; podia ser um marido. Eu já sabia que ela havia passado a infância em lugares meio selvagens, sob condições estranhas e vendo cenas inconvenientes. Estes cálculos eu já havia feito, antes de ouvir a narrativa de Lorde St. Simon. Mas, quando ele nos contou do homem no banco da igreja e do procedimento estranho da noiva depois, da engenhosa invenção em deixar cair o buquê para a recepção de um bilhete, de haver confiado na ama e de sua alusão à troca de proprietários, que quer dizer, em linguagem de mineiros, tomar posse daquilo a que antes tinha direito, a situação tornou-se clara. Ela fugira com outro homem, namorado ou marido, e era mais provável que fosse este último,

– E como foi que você o achou?

– Podia ter sido mais difícil, mas o amigo Lestrade tinha em mãos informação de grande valor, sem saber. As iniciais eram de maior importância, porém mais importante ainda era saber que o moço, em uma semana, havia pago sua conta em um dos hotéis mais seletos de Londres.

– Como deduziu que era seleto?

– Pelos preços, também seletos. Oito xelins por uma cama e oito xelins por um copo de champanha apontavam ser um dos hotéis mais caros. Poucos têm esse preço. No segundo que visitei, em Northumberland Avenue, fiquei ciente de que um Sr. Francis H. Moulton, cavalheiro americano, havia deixado o hotel no dia anterior e, ao ver seu registro, vi justamente os ítens que havia lido naquela conta-cópia; suas cartas deveriam ser remetidas para 226 Gordon Square. Fui até lá e tive sorte porque achei o casalzinho em casa. Aconselhei-os paternalmente e disse-lhes que de todas as maneiras seria melhor esclarecer os acontecimentos, tanto para o público como para Lorde St. Simon, particularmente. Convidei-os a virem encontrá-lo aqui e, como você viu, obriguei-o também a vir.

– E com resultados excelentes – observei –, mas a conduta dele não foi nada delicada.

– Ah! Watson – disse Holmes, sorrindo –, talvez você também não fosse muito delicado se, depois de tanto esforço em cortejar e casar-se, fosse, em tão pequeno espaço de tempo, despojado tanto de sua mulher como de sua fortuna; penso que devemos desculpar Lorde St. Simon e pedir a Deus para nunca nos meter na mesma situação. Chegue a cadeira para mais perto do fogo e alcance meu violino, porque agora o nosso único problema é saber qual a melhor maneira de passar estas frias noites outonais.

V

A coroa de berilos

– Holmes – disse eu um dia, quando em pé próximo à janela olhava para baixo na rua –, aqui vem um louco. É lamentável que seus parentes o deixem sair sozinho!

Meu amigo levantou-se vagarosamente da sua poltrona e ficou olhando por cima do meu ombro, as mãos enfiadas nos bolsos do chambre. Era uma manhã crespa de fevereiro; a neve do dia anterior ainda jazia no chão brilhando ao sol invernal. Na rua já havia sido pisada pelo tráfico, mas a beira das calçadas havia sido varrida e até raspada, e estava escorregadia e perigosa, por isso havia muito menos transeuntes que de costume. Mesmo do lado da Metropolitan Station não vinha uma pessoa, a não ser o tal cavalheiro, cuja maneira excêntrica me chamara a atenção.

Era um homem de cerca de 50 anos, alto, de porte imponente, com rosto grande e denunciando caráter forte e pessoa resoluta. Estava trajado com roupa escura, mas de belo estilo, com casaco, cartola, polainas marrons e alinhadas calças de cor cinzento-pérola. Todavia, seus modos eram um contraste absurdo com a dignidade de sua figura e vestuário, porque ele corria muito, dando pequenos pulos, como quem está exausto e não acostumado a exercício forçado. Enquanto corria, atirava as mãos para trás e para cima e contorcia o rosto horrivelmente.

– Que terá ele? – perguntei. – Está olhando os números das casas.

– Creio que vem aqui, – disse Holmes, esfregando as mãos.

– Aqui?

– Sim, parece-me provável que ele me vem consultar; conheço os sintomas... Ah! não lhe disse?

Enquanto falava, o homem chegou ofegante à porta, puxou tanto a campainha, que na casa inteira ecoara o clangor.

Momentos depois ele entrou na sala, ofegante e gesticulando, mas com tão fixo e doloroso olhar de desespero, que nosso sorriso se mudou num instante para horror e piedade. Por uns momentos ele não pôde articular uma palavra, somente se balançava e puxava os cabelos como pessoa que pelo peso da dor parece enlouquecer. Levantando-se de repente, bateu a cabeça contra a parede com tanta força que nós dois corremos e o levamos para o meio da sala.

Sherlock Holmes o empurrou para uma poltrona e, sentando-se ao seu lado, afagou-lhe a mão e falou-lhe em tom amável e calmo, como ele sabia tão bem empregar.

– O senhor vem agora para contar-me sua história, não é verdade? Cansou-se em sua pressa. Descanse um pouco e então ficarei contente em examinar qualquer problema que quiser confiar-me.

O homem esforçou-se para controlar sua emoção, depois enxugou a testa, firmou a boca e virou-se para nós.

– Com certeza pensam que eu enlouqueci – disse ele.

– Vejo que está em grande aflição – respondeu Holmes.

– Deus o sabe! Uma aflição suficiente para desequilibrar o cérebro de uma pessoa, tão repentina e terrível é. Vergonha pública poderia enfrentar, embora eu seja homem cujo caráter não teve mancha até agora. Aflições particulares também vêm para todos; mas as duas coisas vindo juntas, e de forma tão terrível, quase me enlouquecem. Além disso, não sou só eu. Os nobres do país podem sofrer, a não ser que se descubra a saída para esse negócio.

– Bem, acalme-se – disse Holmes –, depois diga-me claramente quem é o senhor e o que lhe aconteceu.

– Meu nome talvez o senhor já tenha ouvido – disse nosso visitante. – Sou Alexander Holder, da Casa Bancária Holder & Stevenson, da Threadneedle Street.

O nome era bem conhecido por nós ambos, pois era o segundo grande banco da cidade de Londres. O que poderia ter acontecido então para fazer com que um dos cidadãos mais acatados chegasse a ficar naquele estado de nervos? Esperamos curiosos até que, finalmente, depois de mais um esforço, ele se concentrou e contou-nos sua história.

– Sinto que o tempo é dinheiro, por isso me dirigi para aqui, logo depois que o inspetor de polícia me aconselhou a sua cooperação. Vim pelo *subway*, e de lá vim a pé, porque os tílburis vão muito devagar devido à neve e por isso também fiquei ofegante, pois sou homem de pouco exercício físico. Sinto-me melhor agora e vou contar-lhe tudo bem depressa, mas o mais claramente possível.

O senhor, naturalmente, sabe que um banco em franco progresso depende muito da obtenção de investimentos remunerativos para o dinheiro, porque isto aumenta as nossas relações e o número de nossos depositantes. Um dos meios mais lucrativos de despender o dinheiro são empréstimos, onde a segurança é completa. Durante estes últimos anos temos feito muito nesse setor. Há muitas famílias nobres a quem temos adiantado grandes somas, aceitando como garantia seus valiosos quadros, bibliotecas ou pratarias.

Ontem, estava sentado em meu escritório, no banco, quando um dos escriturários me trouxe um cartão de visita.

Estremeci quando vi o nome porque não era outro senão... bem acho que nem ao senhor devo revelar, basta dizer que é um nome pronunciado em todas as casas e no mundo inteiro, um dos nomes mais nobres, mais exaltados na Inglaterra. Fiquei sobremaneira comovido com a honra e me esforcei em dizer isto quando ele entrou, mas ele se engolfou no negócio logo, como homem que tem pressa de liquidar um assunto desagradável.

– Sr. Holder – disse ele –, disseram-me que o senhor tem o hábito de adiantar dinheiro.

– A firma faz isto quando a garantia é boa – respondi.

– É absolutamente essencial que eu tenha 50.000 libras imediatamente. Está visto que eu poderia tomar emprestado dos meus amigos, dez vezes mais que essa quantia, mas prefiro que seja em forma de negócio e eu mesmo o trate pessoalmente. O senhor pode compreender que em minha posição não é muito recomendável a gente criar obrigações.

– Por quanto tempo, posso perguntar, o senhor precisa desta soma? perguntei.

– Segunda-feira próxima devo receber uma soma enorme que me é devida, então poderei devolver o que o senhor adiantar com a percentagem que julgar justa. Mas é essencial que receba já esta quantia.

– Teria muito prazer em lhe fazer o empréstimo pessoalmente, mas meu bolso particular não agüentaria; entretanto, se tem de ser feito em nome da firma, deve-se, com justiça, usar todas as formalidades necessárias para a segurança e como precaução.

– Prefiro que seja assim – disse ele, suspendendo um grande porta-jóias de marroquim preto, que havia posto a seu lado na cadeira. – O senhor com certeza já ouviu falar da coroa de berilos?

– Um dos bens mais preciosos do Império, disse eu.

– Precisamente. – Nisto ele abriu o porta-jóias e lá, deitada em veludo macio, cor de pele, estava a magnífica peça de joalheria de que falou.

– Há 39 enormes berilos – disse ele –, e o preço do engaste de ouro é incalculável. A mais baixa avaliação daria à coroa duas vezes a quantia que eu estou pedindo. Estou pronto a deixá-la consigo como garantia.

Tomei a preciosidade entre as mãos e olhei primeiro a ela e depois ao meu ilustre cliente.

– Duvida do seu valor? – perguntou.

– Nada. Só duvido...

– Do direito de eu deixá-la. Pode ficar descansado quanto a isto. Não sonharia em fazer isto se não tivesse a certeza de que em quatro dias poderia resgatá-la. É questão de praxe. Chega esta garantia?

– Muito.

– O senhor compreende, Sr. Holder, que lhe estou dando uma forte prova de confiança. Confio em si, não só por ser discreto e sei que não falará a ninguém sobre o assunto, e, acima de tudo, para guardar essa coroa com toda precaução, porque é desnecessário dizer-lhe que, se lhe acontecer qualquer coisa, isto seria causa de grande escândalo público.

Qualquer arranhão nela seria quase tão sério como a sua perda completa, porque não há berilos no mundo que se comparem com estes, e seria impossível repô-los. Deixo-a com o senhor, todavia, em plena confiança e virei, pessoalmente, buscá-la na segunda-feira de manhã.

Vendo que meu cliente estava ansioso para ir embora, não disse mais nada, mas, chamando o caixa, mandei-o pagar as 50.000 libras em notas. Ficando sozinho outra vez, com a preciosidade na minha frente sobre a mesa, não pude deixar de pensar na grande responsabilidade que pesava sobre mim. Não havia dúvida de que, como objeto pertencente à nação, haveria um escândalo horrível se qualquer infortúnio ocorresse. Arrependi-me de ter ficado com ela, todavia era tarde demais para retroceder com o negócio; fechei-a no meu cofre particular e voltei ao meu trabalho.

Chegou a tarde e achei imprudente deixar tão precioso valor no escritório. Os cofres dos outros bancos já haviam sido forçados e por que não o meu? E se fosse arrombado, em que posição terrível estaria eu! Resolvi, portanto, que durante esses três ou quatro dias carregaria o embrulho para casa e de volta o traria sempre comigo.

Com essa intenção, chamei um tílburi e segui nele para minha casa em Streatham, levando a jóia comigo. Não respirei livremente enquanto não a levei para meu quarto de vestir e a coloquei no armário, trancando-a.

Agora, Sr. Holmes, uma palavra quanto ao meu lar, porque é preciso que o senhor compreenda perfeitamente as condições gerais. Meu cocheiro e pajem dormem fora, nem se precisa falar neles. Tenho três empregadas que estão comigo há um bom número de anos e cuja conduta é acima de suspeita. Uma outra, Lucy Parr, tem estado em minha casa apenas há alguns meses. Veio com carta de apresentação excelente e tem sido satisfatória. É moça bonita e atrai admiradores, que às vezes rodeiam a casa. É a única coisa que tenho contra ela, mas acreditamos seja boa moça sob todos os pontos de vista. Quanto aos empregados é só.

Minha família é tão pequena que não levará muito para descrevê-la. Sou viúvo e tenho um único filho que se chama Artur. Este é um desapontamento para mim, Sr. Holmes, um grande desapontamento. Com certeza sou eu mesmo o único culpado. Dizem que eu o estraguei. Quando minha boa esposa morreu, era ele a única pessoa que eu tinha para amar e não podia ver seu rostinho perder o sorriso, não lhe negava nenhum desejo. Talvez fosse melhor para nós dois se eu tivesse sido mais severo, mas o fiz com a melhor intenção.

Era, naturalmente, o meu desejo que ele me sucedesse no banco, mas não gostava de negócios. Era descabeçado, genioso e, para falar a verdade, não pude confiar nele para manipular grandes somas de dinheiro. Quando era mocinho, entrou para um clube de aristocratas e lá, tendo modos cativantes, ficou amigo íntimo de diversas pessoas que têm os bolsos cheios e hábitos dispendiosos. Aprendeu a jogar cartas e a apostar em corridas no turfe até que, por diversas vezes, teve de recorrer a mim, pedindo-me para adiantar a mesada.

Mais de uma vez ele quis desligar-se dos companheiros, mas cada vez, o seu amigo, Sir George Burnwell, o influenciava até que voltasse.

Não admiro muito que Sir George Burnwell o cativasse, porque, pelas poucas vezes que ele o trouxe para casa, não pude deixar de gostar de seus modos. É mais velho do que Artur, homem do mundo até as pontas dos dedos; já esteve em toda parte, viu tudo, um conversador brilhante, e homem de bela fisionomia. Todavia, quando penso nele calmamente, longe da atração da sua presença, fico convencido do cinismo de sua conversa, e o olhar esperto que, apanhado nos seus olhos, faz pensar que ele é pessoa em quem não se deve confiar. Penso assim e também a minha Mariazinha, que tem o instinto perspicaz de mulher.

Agora, falta só esta para eu descrever. É minha sobrinha; quando o pai dela faleceu, há cinco anos passados, e deixou-a sozinha no mundo, eu a adotei e a tenho considerado como minha filha. Ela é como um raio de luz na minha casa – dócil, amável, bela e dona de casa perfeita, mas quieta e delicada como só uma mulher pode ser. Ela é minha mão direita. Não sei que faria sem ela. Só numa coisa ela me contrariou. Por duas vezes o meu rapaz a pediu em casamento, pois a ama como devoto, ela sempre o recusa.

Penso que se uma pessoa podia conduzi-lo no caminho do bem seria ela e que se estivessem casados melhoraria, mas, agora, ai de mim! É tarde demais – para sempre!

Agora, Sr. Holmes, o senhor já sabe a respeito das pessoas que moram comigo, debaixo do meu teto, e vou continuar minha triste história.

Quando estávamos tomando café na sala aquela noite, depois do jantar, eu contei para Artur e Maria minha experiência e do tesouro precioso que nós tínhamos em casa, só não dizendo o nome do meu cliente. Lucy Parr, que havia trazido o café, tinha saído, tenho certeza, mas não posso jurar que a porta estivesse fechada. Maria e Artur acharam interessante e queriam ver a famosa coroa, mas achei melhor não tocá-la.

– Onde é que a guardou? – perguntou Artur.

– No meu próprio *bureau*.

– Bem, queira Deus que a casa não seja visitada pelos ladrões hoje – disse ele.

– Está trancado – respondi.

– Oh, qualquer chave velha serve para aquele *bureau*. Quando era garoto eu mesmo o abri com a chave do armário do quarto das malas.

Ele exagerava muito às vezes quando falava, assim nem fiz caso do que disse. Ele seguiu-me até o quarto, todavia, com o olhar muito sério.

– Olhe, papai – disse cabisbaixo –, pode adiantar-me 200 libras?

– Não, não posso – respondi rapidamente. – Tenho sido por demais generoso com você quanto a dinheiro.

– O senhor tem sido muito bondoso – disse

ele –, mas eu preciso desse dinheiro, senão, nunca mais poderei entrar no clube.

– E seria boa coisa – disse eu.

– Sim, mas o senhor não havia de gostar que eu o deixasse desonradamente – disse ele. – Eu não poderia agüentar a vergonha, preciso levantar esse dinheiro de qualquer forma, e se o senhor não me quer ajudar, preciso procurar outros meios de obtê-lo.

Eu estava zangadíssimo, porque este era o terceiro pedido durante o mês.

– Nenhum centavo meu você terá! – gritei eu, e nisso ele se inclinou e saiu do quarto sem dizer mais uma palavra.

Quando ele havia saído, abri meu armário, olhei, para ter a certeza de que meu tesouro estava salvo, e tranquei-o de novo. Depois dei volta na casa para ver se tudo estava bem fechado – um dever que sempre deixava para Maria, mas julguei melhor eu mesmo fazer aquela noite. Quando desci, vi Maria à janela lateral do vestíbulo, que ela fechou e trancou quando eu cheguei.

– Diga-me, papai – disse ela –, o senhor deu licença para Lucy sair agora à noite?

– Certamente que não.

– Ela entrou agora mesmo pela porta dos fundos. Com certeza esteve apenas no portão para falar com alguém, mas acho perigoso isto e deve-se acabar com tal costume.

– Você deve falar-lhe amanhã, ou se prefere eu falarei. Está certa de que está tudo bem fechado?

– Sim, papai.

– Então, boa noite. – Beijei-a e fui para meu quarto, onde logo caí no sono. Estou-me esforçando por contar-lhe tudo que possa ter alguma conexão com o caso, Sr. Holmes, mas peço que me faça perguntas sobre qualquer ponto que não esteja bem claro.

– Ao contrário, sua narrativa é extraordinariamente lúcida.

– Chego agora a uma parte da história em que desejo ser bem explícito. Tenho sono leve e a preocupação sem dúvida serviu para despertar-me mais ainda. Cerca das 2 horas fui acordado com um barulho dentro de casa, mas logo cessou, antes que eu estivesse bem acordado; deu-me porém a impressão de que era o fechar de uma das janelas e fiquei escutando atentamente. De repente, para meu horror, ouvi passos leves, mas distintos, no quarto anexo. Escorreguei da cama todo palpitante de medo e olhei ao redor da porta de meu quarto de vestir.

– Artur – gritei eu. – Você é um malandro, um ladrão! Como tem a ousadia de tocar naquela coroa?

O gás estava meio aceso como eu havia deixado, e meu infeliz rapaz, vestido apenas em mangas de camisa e calça, estava ao pé da luz segurando a coroa nas mãos. Parecia que ele a estava esticando ou dobrando com toda a força. Ao meu grito, ele a deixou cair das mãos e tornou-se pálido como a morte. Eu a peguei e examinei. Estava faltando um dos cantos de ouro, com três berilos.

– Você é um malvado! – gritei eu fora de mim. – Você a destruiu! Você me desonrou para sempre! Onde estão as gemas que você furtou?

– Furtou! – gritou ele.

– Sim, seu ladrão! – rosnei, sacudindo-o pelo ombro.

– Não falta nenhuma. Não podem estar faltando – disse ele.

– Faltam três. E você sabe onde estão. É preciso que eu o chame de mentiroso, além de ladrão? Não o vi querendo arrancar outro pedaço?

– O senhor já me xingou bastante – disse ele. – Não agüento mais. Não direi mais uma palavra sobre este negócio desde que o senhor me insulta assim. Deixarei sua casa amanhã, e tomarei meu próprio caminho no mundo.

– Você a deixará nas mãos da polícia – gritei eu, meio louco de tristeza e raiva. – Terei este negócio investigado até o fim.

– De mim nada saberá – disse ele, com uma paixão que eu nunca pensei encontrar em sua natureza. – Querendo chamar a polícia, deixe que ela descubra o que puder.

Toda a casa estava agora de pé, porque eu havia elevado muito a voz, na minha ira. Maria foi a primeira a correr para dentro do meu quarto e, à vista da coroa e do rosto de Artur, entendeu a história e, com um grito, caiu sem sentidos no chão. Mandei a arrumadeira chamar a polícia e deixei as investigações aos seus cuidados.

Quando o inspetor e o policial entraram na

casa, Artur, que estava de braços cruzados, perguntou-me se ia acusá-lo de furto.

Respondi-lhe que o caso já não era particular, mas público, desde que a coroa danificada era propriedade da nação. Resolvi que a lei agisse em tudo.

– Pelo menos – disse ele – o senhor não me mandará prender agora, seria vantagem para o senhor e para mim, se eu pudesse sair de casa por cinco minutos.

– Para que você possa fugir ou esconder o que roubou – disse eu.

E então, compreendendo a posição horrível em que eu estava, implorei-lhe, lembrando que não só a minha honra ficaria manchada, como também a honra de um maior do que eu ficaria prejudicada; e que o escândalo que ele iria levantar convulsionaria a nação. Ele podia evitar tudo isto se contasse o que tinha feito com as três gemas que estavam faltando.

– É melhor você enfrentar as conseqüências – disse-lhe eu –, você foi apanhado em flagrante, e não confessando poderia fazer sua culpa mais hedionda. Se você só fizer confissão do que está em seu poder, contando-nos onde estão os berilos, tudo será perdoado e esquecido.

– Guarde o seu perdão para quem o esteja pedindo – respondeu ele, virando-se com escárnio.

Percebi que ele estava fora de minha influência, mas havia um remédio.

Chamei o inspetor, que o prendeu. Deram uma busca, não só na sua pessoa, como em seu quarto e na casa toda, onde ele poderia ter escondido as gemas; mas traço nenhum foi encontrado, e o miserável rapaz não quis abrir a boca por mais persuadido e ameaçado que fosse.

Hoje foi levado a uma cela e eu, depois de passar por todas as formalidades com a polícia, apressei-me a vir ter com o senhor para implorar-lhe que use sua grande habilidade em deslindar o assunto. A polícia já confessou que por ora não há meio de se descobrir coisa alguma. Pode despender quanto for preciso, já ofereci mil libras. Céus! Que farei eu? Perdi minha honra, minhas jóias e meu filho numa noite só. Oh! que farei?

Colocou uma mão de cada lado da cabeça e balançou-se de lado a lado, choramingando como criança cuja tristeza não tinha limites.

Sherlock Holmes ficou quieto uns minutos, com a testa enrugada e olhando fixamente o fogo.

– O senhor recebe muitas visitas? – perguntou.

– Nenhuma, a não ser meu sócio com sua família e um amigo ou outro de Artur. Sir George Burnwell tem ido lá diversas vezes ultimamente. Ninguém mais.

– E o senhor freqüenta a sociedade?

– Só Artur. Maria e eu ficamos em casa. Nem um nem outro gosta de sair.

– As moças quase nunca são assim.

– Ela é de natureza quieta, além disso, não é muito jovem. Já fez 24 anos.

– Conforme o senhor disse, este negócio foi um choque para ela também?

– Terrível! Ela ficou pior do que eu.

– Ambos se julgam certos da culpabilidade de seu filho?

– Como poderemos duvidar, quando eu o vi com a coroa na mão?

– Não considere isto prova conclusiva. Estava danificado o resto da coroa?

– Sim estava torta.

– Mas o senhor não acha que ele podia estar experimentando endireitá-la?

– Deus o abençoe. O senhor está querendo ajudar a ele e a mim. Mas é muito difícil. O que estava ele fazendo lá, em primeiro lugar? E se o seu propósito era inocente, por que não falou?

– Precisamente. E, sendo culpado, porque não inventou uma mentira? Seu silêncio, parece-me, pode ser duplamente interpretado. Há diversos pontos esquisitos neste caso. O que falou a polícia a respeito do barulho que acordou o senhor?

– Acharam que poderia ser na hora de Artur fechar a porta do quarto dele.

– Uma história bonita! Como se um homem pronto para roubar fosse bater à porta para acordar a família inteira. E que disseram quanto à falta das gemas?

– Ainda estão tirando tábuas e inspecionando a mobília, na esperança de encontrá-las.

– Não se lembraram de olhar do lado de fora da casa?

– Sim, mostraram extraordinário interesse. O jardim inteiro foi examinado minuciosamente.

– Agora, meu senhor – disse Holmes –, não está vendo que nisso tudo há uma coisa muito mais profunda do que o senhor ou a polícia estão inclinados a pensar? Parecia caso simples; a mim parece excessivamente complexo. Considere o que está envolvido nesta minha teoria. O senhor supõe que seu filho levantou-se da cama e foi, com grande risco, ao seu quarto de vestir, abriu seu *bureau*, tirou sua coroa, quebrando uma parte dela à força, foi-se para outro lugar e escondeu três das gemas com tanta habilidade que ninguém as encontra, depois voltou com as outras 36 gemas para o quarto, onde ele se expôs ao grande perigo de ser descoberto. Pergunto-lhe, é sustentável tal teoria?

– Mas pode haver outra? – exclamou o banqueiro com um gesto de desespero. – Se os motivos dele eram inocentes, por que não os explica?

– É nossa tarefa descobrir isto – replicou Holmes. – Agora, Sr. Holder, iremos a Streatham juntos, passar uma hora investigando mais de perto os pormenores que temos.

Meu amigo insistiu em que eu fosse com eles nessa expedição, o que, aliás, eu estava desejando fazer, porque minha curiosidade e simpatia haviam sido profundamente despertadas pela história que ouvimos.

Confesso que a culpabilidade do filho do banqueiro parecia a mim tão evidente como ao seu infeliz pai, todavia, eu tinha tanta fé no julgamento de Holmes, que achei haver uma esperança, uma vez que ele não estava satisfeito com as explicações dadas. Não falou durante a viagem, nos subúrbios, mas ficou sentado com o queixo descansando sobre o peito, chapéu cobrindo os olhos e perdido na mais profunda meditação.

Nosso cliente parecia reanimar-se com aquele vislumbre de esperança que lhe havia sido apresentado e começou a falar-me um pouco sobre o trabalho dele. Uma viagem curta de trem, e menor a pé, logo nos levou a Fairbank, à residência modesta do banqueiro.

Fairbank era uma casa de bom tamanho, de pedra branca, um pouco retirada da rua. Uma entrada para carro com gramado, no momento coberto de neve, estendia-se na frente até os portões grandes, de ferro, que fechavam a entrada. Ao lado direito havia uns arbustos, da rua até a porta da cozinha, que eram a entrada para os entregadores de mercadorias. À esquerda passava uma viela que levava aos estábulos, e separada do resto da casa, pois era passagem pública, embora pouco freqüentada. Holmes deixou-nos à porta e andou vagarosamente ao redor da casa toda, atravessou a frente, passou na viela e assim pelo jardim atrás dos estábulos. Tanto tempo levou, que o Sr. Holder e eu entramos na sala de jantar e esperamos perto ao fogo até que ele voltasse. Nisso abriu-se a porta e uma jovem entrou. Era de boa altura, magra, cabelo e olhos escuros, que a palidez do rosto parecia salientar mais.

Não me lembro de nunca haver visto palidez tão mortal. Seus lábios também não tinham sangue, e seus olhos estavam inchados de tanto chorar, demonstrando ainda mais pesar do que o próprio tio, e era mais notável nela porque deu a impressão de ser mulher de caráter forte e imensa capacidade de controlar-se. Não fazendo caso da minha presença, ela chegou-se para perto do tio e alisou-lhe a cabeça com doce carinho.

– Você já deu ordens para que soltem Artur, não é, papai? – perguntou.

– Não, não, filha, o negócio precisa ser investigado até o fim.

– Mas tenho certeza de que ele é inocente. O senhor sabe o que são os instintos femininos. Tenho certeza que não fez mal nenhum e que o senhor se arrependerá de haver sido tão implacável.

– Por que não fala, então, se de fato é inocente?

– Quem sabe? Talvez ficasse zangado porque o senhor o acusou.

– Como podia deixar de suspeitar dele, quando o vi com a coroa nas mãos?

– Oh! mas ele só a levantou para examiná-la. Oh! faça o favor de acreditar na minha palavra, ele é inocente... Não diga mais nada a respeito do negócio, deixe passar. É terrível pensar que nosso caro Artur esteja na cadeia.

– Nunca hei de ficar quieto até que as gemas sejam encontradas, nunca, Maria. Seu amor por Artur cega-a contra os defeitos e as medonhas conseqüências para mim. Longe de abafar o negócio, trouxe um senhor de Londres para investigar melhor as coisas.

– Este senhor? – perguntou ela, virando-se para mim.

– Não, o amigo dele. Quis ficar só para trabalhar e está agora na viela dos estábulos.

– Na viela dos estábulos? – e ela suspendeu as sobrancelhas. – O que ele espera encontrar ali? Ah! este, suponho, é ele. Espero, senhor, que seja bem-sucedido em provar aquilo de que tenho certeza; a verdade é que meu primo Artur é inocente deste crime.

– Eu participo inteiramente da sua opinião – replicou Holmes, voltando ao capacho a fim de limpar a neve dos sapatos. – Penso que tenho a honra de falar com a Srta. Holder. Posso fazer-lhe algumas perguntas?

– Rogo que as faça, se é que eu possa ajudar a esclarecer esse negócio horrível.

– A senhora não ouviu barulho algum esta noite?

– Nada, até que meu tio começou a falar alto, isso ouvi, e desci logo.

– Foi a senhora mesma quem fechou as janelas e portas a noite passada. E a senhora fechou bem todas?

– Sim.

– Estavam fechadas esta manhã?

– Sim.

– Uma das empregadas tem namorado? Penso que a senhora falou a seu tio que ontem à noite ela saiu para vê-lo?

– Sim, ela é a mesma moça que serviu o café

e que, possivelmente, ouviu as observações de meu tio a respeito da coroa.

– Está bem. A senhora imagina que ela saiu para contar ao namorado e que os dois possam ter planejado o furto.

– Mas qual é o propósito de toda essa conversa? – exclamou o banqueiro impacientemente – eu já lhe disse que vi a coroa na mão de Artur.

– Espere um pouco, Sr. Holder. Devemos voltar a este ponto. Acerca desta moça, Srta. Holder, presumo que a senhora a viu voltar pela porta da cozinha?

– Sim, quando fui ver se a porta estava segura, encontrei-a como que deslizando para dentro. Vi também o homem na escuridão.

– A senhora o conhece?

– Oh, sim, é o verdureiro que traz nossos legumes. Ele se chama Francis Prosper.

– Estava à esquerda da porta, isto é, um pouco longe? – perguntou Holmes.

– Sim, estava.

– E o homem tem perna de pau?

Uma expressão de medo apareceu nos olhos pretos da moça.

– Mas o senhor é um mágico – disse ela. – Como o senhor sabe disto? – ela sorriu, mas não havia sorriso correspondente no rosto magro e sério de Holmes.

– Gostaria de subir agora para os quartos – disse ele. – Provavelmente, quererei sair ao redor da casa outra vez, e, talvez, é mesmo melhor que eu olhe as janelas de baixo antes de subir.

Ele andou vagarosamente de uma a outra das janelas, parando somente quando chegou à maior delas que dá do vestíbulo para a viela dos estábulos. Esta ele a abriu e examinou bem o peitoril com sua lente poderosa.

– Agora vamos subir – disse ele.

O quarto do banqueiro era muito simples, com tapete cinzento, o armário e um espelho comprido. Holmes foi ao *bureau* em primeiro lugar e olhou bem a fechadura.

– Qual é a chave que foi usada para abri-lo? – perguntou ele.

– Aquela que meu filho indicou, a do armário do quarto de malas.

– Está aqui?

– É aquela que está em cima da mesa do toucador.

Sherlock Holmes pegou-a e abriu o armário.

– É fechadura silenciosa, não me admiro que não tivesse acordado. É aqui onde está a coroa. Vamos examiná-la.

Abriu o porta-jóias e, tirando o diadema, deitou-o em cima da mesa. Era um espécime magnífico da arte de joalheria e as 36 pedras eram as mais belas que eu jamais havia visto. Um lado da coroa estava quebrado, de onde havia sido arrancado o canto com as três gemas.

– Agora, Sr. Holder – disse Holmes –, aqui está o canto que corresponde ao que infelizmente foi perdido. Peço que o tire.

O banqueiro recuou, horrorizado.

– Eu nem sonharia, em experimentar tirá-lo.

– Então farei eu –, e Holmes pôs toda força, mas sem resultado. – Sinto que está cedendo um pouco, mas, apesar de ter muita força nos dedos, seria difícil quebrá-lo. Um homem comum não o poderia fazer. Agora, Sr. Holder, que é que o senhor pensa que aconteceria se eu conseguisse quebrá-la? Haveria um barulho como se houvessem dado um tiro, e o senhor quer me dizer que tudo isto aconteceu a poucos metros da sua cama e o senhor não ouviu nada?

– Nem sei o que pensar. Está tudo tão obscuro para mim...

– Mas talvez possa clarear enquanto andamos; que é que a senhora pensa, Srta. Holder?

– Confesso que estou tão perplexa como meu tio.

– Seu filho estava descalço quando o senhor o viu?

– Estava só de camisa e calça.

– Obrigado. Tivemos muita sorte durante esta investigação e será nossa culpa exclusiva se não acabamos por esclarecer tudo. Com a sua licença, Sr. Holder, voltarei lá para fora.

Foi sozinho como pediu, porque explicou que pegadas desnecessárias poderiam tornar seu trabalho mais difícil. Por mais de uma hora esteve trabalhando lá, mas finalmente voltou com os sapatos carregados de neve e sua fisionomia tão incompreensível como sempre.

– Penso que já vi tudo que há para ver, Sr. Holder – disse ele –, e melhor lhe posso servir voltando para meu apartamento.

– E as gemas, Sr. Holmes? Onde estão?

– Não sei.

O banqueiro torceu as mãos.

– Nunca mais as verei! – exclamou ele. – Há alguma esperança de sua inocência?

– Minha opinião quanto a ele está inalterável.

– Então, em nome de Deus, que negócio foi perpetrado em minha casa ontem à noite?

– Se o senhor puder dar uma chegada ao meu apartamento amanhã, entre as 9 e 10 horas, ficarei satisfeito em esclarecer tudo melhor. Compreendi que o senhor me dá toda a liberdade para representá-lo, contanto que lhe traga as gemas, e que não há limite na quantia que posso gastar sendo necessário.

– Darei a minha fortuna para recuperá-las.

– Muito bem. Vou estudar o caso agora. Até logo mais; é bem possível que tenha de voltar aqui antes da noite.

Percebi que meu amigo já havia tirado as suas conclusões, mas em que consistiam só pude imaginar vagamente. Diversas vezes na viagem de volta procurei sondá-lo sobre o caso, mas ele se esquivava cada vez mais para outro assunto, até que desisti, desesperado.

Ainda não eram 15 horas quando chegamos à casa. Ele foi depressa para seu quarto e desceu poucos minutos depois, vestido como um vagabundo comum, com a gola em pé, casaco velho, gravata vermelha e sapatos gastos; era o tipo perfeito da classe.

– Penso que isto deve servir – disse ele olhando no espelho acima da lareira. – Só queria que você pudesse acompanhar-me, Watson, mas creio que não dá certo. Talvez esteja numa boa pista deste negócio, ou talvez seja apenas fogo-fátuo; porém daqui a pouco saberei o que é, espero voltar em poucas horas.

Cortou um pedaço de carne assada e, com duas fatias de pão, fez um bom sanduíche que colocou no bolso; depois, saiu na expedição.

Eu já havia acabado a refeição da tarde quando ele voltou alegre, balançando uma bota com elásticos dos lados. Atirou-a num canto e serviu-se de uma xícara de chá.

– Somente entrei de passagem – disse ele –, vou continuar a viagem.

– Para onde?

– Oh! para o lado do West End. Pode ser que não volte já. Não precisa esperar-me caso volte tarde.

– E como vai o negócio?

– Oh! assim, assim. Não dá para queixas. Estive em Streatham depois que saí, mas não fui à casa. É um problema bem maleável e não o teria perdido por coisa alguma. Em todo caso, não posso ficar aqui tagarelando, pois preciso trocar esta roupa pouco respeitável e voltar à minha nobre pessoa.

Percebi que ele tinha sobejas razões para ficar satisfeito, mais pela sua fisionomia do que pelo que falou. Seus olhos brilhavam, o rosto estava corado, em vez da costumeira palidez. Subiu depressa para o quarto e, poucos minutos depois, ouvi bater a porta da frente, o que foi sinal para mim de que ele havia saído outra vez para sua genial caçada.

Esperei-o até a meia-noite, mas nada de voltar; por isso fui para meu quarto.

Não era novidade ele ficar fora de casa noites e dias quando tinha uma boa pista, assim não me preocupei. Não sei a que horas voltou, só sei que quando desci para o café da manhã, lá estava ele com uma xícara de café na mão e com a outra segurando o jornal, tão elegante e aprumado quanto era possível.

– Desculpe-me não ter esperado, Watson – disse ele –, mas você deve estar lembrado de que o nosso cliente tem um compromisso para hoje bem cedo.

– Já passa das nove horas, estão tocando a campainha, não me admiraria se fosse ele.

Era mesmo o financista. Levei um choque quando vi o rosto dele, porque em vez de largo e cheio, estava magro e esquálido e o cabelo parecia mais branco. Entrou com ar cansado e letárgico, pior que sua atitude violenta do dia anterior. Sentou-se numa poltrona que eu empurrei para ele.

– Não sei o que fiz para ser tão duramente castigado – disse ele. – Há apenas dois dias passados era um homem feliz e próspero, sem uma preocupação sequer. Agora estou sozinho e desonrado. A uma infelicidade, segue-se logo outra. Minha sobrinha me deixou.

– Deixou o senhor?

– Sim, a sua cama não foi usada esta noite, seu quarto está vazio e havia um bilhete em cima da mesa no vestíbulo, para mim. Ontem à noite eu lhe disse que, se ela tivesse casado com meu rapaz, ele não teria feito estas coisas. Talvez tenha sido o egoísmo que me fez falar. O bilhete dizia:

Meu caro tio,

Sinto que é por minha causa que o senhor está sofrendo e que se eu tivesse agido de outra maneira esse infortúnio não teria acontecido. Não posso, portanto, com esta lembrança sempre em mente, continuar em sua casa, e acho que devo ir embora para sempre. Não se preocupe quanto ao meu futuro, porque já está providenciado; e, acima de tudo, não procure saber onde estou, porque será trabalho em vão e serviço mal empregado para mim. Na vida ou na morte,

sua sempre afeiçoada,

Maria

– Que será que ela quer dizer com isso, Sr. Holmes? O senhor acha que indica suicídio?

– Não, nada disto. É sem dúvida a melhor solução. Espero, Sr. Holder, que o senhor esteja chegando ao fim das suas aflições.

– Ah! o senhor diz isto! Já soube alguma coisa, Sr. Holmes? Onde estão as gemas?

– O senhor não acharia que é demais pagar mil libras cada uma?

– Pagaria dez.

– Não será necessário. Três mil cobrirão a despesa. E há também uma gorjeta, não? O senhor tem sua caderneta de cheques? Aqui está uma caneta. É melhor assinar quatro mil.

Com o olhar fixo, o banqueiro assinou o cheque.

Holmes foi para sua escrivaninha, tirou uma peça triangular de ouro com três gemas incrustadas e atirou-a sobre a mesa.

Gritando de alegria, o cliente agarrou-a:

– O senhor a tem aqui! Estou salvo! Estou salvo!

A reação foi tão apaixonada como a sua aflição o havia sido, e ele apertou as gemas contra o peito.

– Há mais uma coisa que o senhor ficou devendo, Sr. Holder, disse Sherlock Holmes, um tanto severamente.

– Devo? – nisto ele pegou a caneta. – Diga a soma e pagarei.

– Não, não a mim que o senhor deve, mas sim, o senhor deve pedir humildemente desculpas àquele nobre rapaz, seu filho, que se portou tão bem neste caso, eu ficaria orgulhoso se um filho meu se comportasse assim, tivesse eu um filho algum dia!

– Então, não foi o Artur quem as tirou?

– Eu lhe disse ontem, e repito-o hoje, não foi ele.

– O senhor tem certeza disto? Então deixeme ir diretamente a ele contar-lhe que já se sabe a verdade.

– Ele já sabe. Logo que terminei fui ter com ele e, vendo que não contaria a história para mim, fui eu quem lhe contou e ele teve de confessar que eu tinha razão e adicionar uns poucos pormenores que não estavam bem claros. As novidades de hoje talvez lhe abram a boca.

– Pelo amor de Deus, então, conte-me que mistério estranho é este!

– Farei, e lhe direi os passos que dei para descobri-lo. Todavia, deixe-me dizer primeiramente o que é mais difícil para contar e o senhor ouvir. Houve uma combinação entre Sir George Burnwell e sua sobrinha Maria e eles agora fugiram juntos.

– Minha Maria? Impossível!

– Infelizmente é mais do que possível, é certo; nem o senhor nem seu filho perceberam o verdadeiro caráter deste homem a quem o senhor permitiu entrar no círculo de sua família. É um dos mais perigosos da Inglaterra – jogador arruinado, um vagabundo desesperado; homem sem coração, nem consciência. Sua sobrinha não conhecia indivíduos assim. Quando ele soprou seus votos de amor nos ouvidos dela, como havia feito a centenas de outras, sentiu-se lisonjeada e que era só ela que havia tocado seu coração. Só o diabo mesmo sabe o que ele disse, mas finalmente ela se tornou instrumento nas mãos dele, e via-o todas as tardes.

– Não posso, não quero crer nisso! – gritou o banqueiro com o rosto lívido.

– Contar-lhe-ei então o que ocorreu naquela noite.

Sua sobrinha, julgando que o senhor já estivesse acomodado, desceu e foi falar com o namorado pela janela que abre para a viela dos estábulos. As pegadas dele estavam afundadas na neve, tanto tempo esteve lá. Ela contou-lhe sobre a coroa. A sua cobiça pelo ouro foi atiçada e ele a torceu à sua vontade. Não duvido de que ela amava o senhor, mas há mulheres em quem o amor ao namorado extingue o amor aos outros, e parece-me que ela era uma destas. Mal ouviu o que ele lhe ensinou a fazer, quando viu o senhor descendo as escadas, então fechou rapidamente a janela e contou a história da empregada e do namorado que, aliás, é verdade.

Seu filho Artur foi para a cama depois da entrevista com o senhor, mas tão perturbado estava por causa das dívidas no clube que não pôde dormir. À meia-noite ele ouviu um passo leve passar pela sua porta, levantou-se, olhou para fora, ficou surpreendido ao ver a prima andando sutilmente ao longo do corredor até que desapareceu no seu quarto de vestir. Petrificado de admiração, o rapaz vestiu a roupa e esperou ali no escuro para ver o que aconteceria. Logo ela saiu do quarto e pela luz do corredor viu que ela levava nas mãos a coroa. Desceu a escada e ele, horrorizado, correu e escondeu-se atrás da cortina perto da sua porta, de onde pôde ver o que acontecia em baixo do vestíbulo. Viu quando ela abriu devagarinho a janela, entregou a coroa nas mãos de alguém na escuridão, e apressou-se a voltar para o quarto, passando pertinho de onde ele estava escondido. Enquanto ela estava em cena, ele não pôde agir sem expor escandalosamente a mulher que amava. Mas, no momento em que ela desapareceu, ele lembrou-se que infortúnio esmagador isto seria para o senhor e quão importante era endireitar as coisas. Desceu às pressas como estava, descalço, abriu a janela e pulou na neve; desceu a viela onde pôde ver, pela luz da lua, uma figura escura andando.

Sir George Burnwell experimentou fugir, mas Artur segurou-o e houve luta entre eles, seu filho puxando de um lado a coroa e seu antagonista do outro. Na luta, o rapaz golpeou Sir George e feriu-o num olho; nisto estalou alguma coisa e seu filho, vendo que tinha a coroa livre em suas mãos, voltou correndo, fechou a janela, subiu ao seu quarto e mal tinha visto que a coroa estava torcida pela luta e se esforçava por endireitá-la, quando o senhor apareceu em cena.

– Será possível? – murmurou o banqueiro.

– O senhor irritou-o, chamando-o por nomes injustificáveis no momento em que ele se sentia digno da sua gratidão.

Não podia explicar a verdade sem trair quem não merecia nenhuma consideração de sua parte. Tornou-se cavalheiresco guardando o segredo dela.

– Então foi por isso que ela gritou e desmaiou quando viu a coroa, exclamou Holder. – Oh! meu Deus, que tolo cego tenho sido eu! E ele pediu licença para sair cinco minutos! O rapaz queria ver se o pedaço quebrado estava no lugar onde lutaram. Quão cruelmente eu o julguei!

– Quando cheguei à sua casa andei imediatamente ao redor dela para ver se havia quaisquer sinais na neve, pois sabia que não tinha saído mais desde ontem, além disso tinha geado, o que serviu para firmar qualquer impressão. Onde andaram os mensageiros estava tudo indecifrável, porém, adiante e perto da porta da cozinha uma mulher esteve com um homem conversando por muito tempo e uma impressão redonda mostrava que ele tinha perna de pau. Percebi até que eles estavam perturbados por qualquer coisa, porque a mulher havia corrido para a porta, isto foi provado pela pegada funda da ponta dos pés e o calcanhar não ter deixado quase sinal. O perna de pau havia esperado um pouco, depois retirou-se. Julguei que poderia ser a empregada de quem o senhor me falou e a inquirição demonstrou ser. Passei para o jardim sem ver qualquer coisa, a não ser traços desconexos que pensei serem da polícia, mas, quando cheguei à viela, uma história longa e complexa estava escrita na neve em frente de mim. Havia pegadas duplas, umas eram de um homem de botas e as outras, que me alegraram ao vê-las, eram de um homem descalço. Fiquei convencido de que estas eram de seu filho, conforme o senhor havia contado. O primeiro havia só andado, mas o segundo havia corrido, pisou mesmo em certos lugares, por cima dos sinais das botas mostrando que seguiu o outro. Segui as pegadas e vi que tinham ido à janela do vestíbulo onde "Botas" havia desaparecido com a neve enquanto esperava. Daí a uns 100 metros vi que "Botas" havia voltado e parecia ter havido uma luta e finalmente vi uns pingos de sangue que provaram minha idéia. "Botas" correu, continuou a correr na viela e, mais adiante, vi outro sinal de sangue mostrando que era ele que havia sido ferido. Quando no fim da viela, entrou na estrada, vi que a calçada tinha sido varrida, não deixando mais sinais. Tinha-se acabado assim aquela pista. Examinei depois o peitoril da janela do vestíbulo com a minha lente e vi que alguém havia saído por lá. Também distingui o sinal de um pé úmido que havia entrado ali, e comecei a formular idéias quanto ao que tinha acontecido. Um homem esperou do lado de fora da janela e alguém lhe trouxe as gemas; o ato foi visto por seu filho e ele perseguiu o ladrão, lutou com ele, os dois puxando a coroa, causaram-lhe estragos que nem um, nem outro poderiam ter feito sozinhos. O filho voltou com o prêmio, mas havia deixado um pedaço na mão do oposicionista. Até aí estava claro, a questão agora era: quem seria o homem, e quem lhe trouxera a coroa? É provérbio meu que, tendo excluído tudo que é impossível, aquilo que fica, por mais improvável que pareça é a verdade. Sabia, naturalmente, que não era o senhor que havia trazido a coroa para baixo, por isso restavam só sua sobrinha e as empregadas. Mas sendo uma das empregadas por que seu filho haveria de se deixar acusar em lugar dela? Não havia razão nenhuma. Como ele amava a prima, ali havia uma excelente explicação para que ele guardasse seu segredo – muito mais sendo de caráter degradante. Quando me lembrei de que o senhor a havia visto àquela janela e como ela desmaiou ao ver de novo a coroa, minha conjetura tornou-se uma certeza. Mas, quem era seu cúmplice? Amante, sem dúvida, pois quem mais podia sobrepujar o amor e gratidão que ela sentia pelo senhor? Sabia que saíam pouco e seus amigos eram poucos, mas que entre eles um era Sir George Burnwell. Havia ouvido falar dele como sendo homem de reputação vil entre as mulheres.

Devia ter sido ele quem estava de botas e que carregou com as gemas. Embora soubesse que Artur o havia descoberto, ainda podia gabar-se de que estava fora de perigo, porque o rapaz não podia abrir a boca sem comprometer os da sua própria família. Bem, seu próprio bom senso lhe havia de sugerir o que fez depois.

Fui vestido como um vagabundo até a casa de Sir George Burnwell, arranjei uma conversa com o lacaio, soube que seu patrão havia ferido a cabeça na noite anterior e, finalmente, com a defesa de 5 xelins, me assegurei comprando um par de sapatos velhos dele. Levei-os a Streatham e verifiquei que eram exatamente como os sinais que lá havia.

– Eu vi um vagabundo maltrapilho na viela ontem, disse o Sr. Holder.

– Precisamente, era eu. Vi que tinha o homem seguro, voltei para casa e troquei a roupa. As coisas agora tornavam-se muito delicadas, pois vi que não poderia haver processo, o escândalo devia ser evitado; também sabia que um velhaco tão astuto veria que nossas mãos estavam amarradas e decidi ir vê-lo. No começo, naturalmente, ele negou tudo, mas, quando lhe repeti todas as particularidades como haviam acontecido, ele tentou fazer bravata e tirou um revólver, mas eu o conhecia e apontei um revólver à sua cabeça antes que ele pudesse mover-se. Tornou-se mais razoável. Disse-lhe que pagaria um bom preço pelas pedras que estavam com ele – mil libras cada uma. Aquilo trouxe os primeiros sinais de arrependimento.

– Ora bolas, disse ele, já as vendi por 600 libras as três!

– Logo consegui saber o endereço daquele que as recebeu ao prometer-lhe que não haveria processo. Lá fui eu e depois de muita discussão, obtive as pedras por mil libras cada uma. Depois fui visitar seu filho, disse-lhe que estava tudo bem e finalmente cheguei à casa indo para a cama às duas horas, depois do que se pode chamar um dia cheio.

– Um dia que salvou a própria Inglaterra dum escândalo público, disse o banqueiro, levantando-se. – Senhor, não tenho palavras para lhe agradecer, mas não me há de achar ingrato por tudo quanto fez. Sua habilidade deveras ultrapassa tudo quanto eu jamais ouvi falar. Agora vou ver meu filho, pedir-lhe desculpas por tê-lo acusado tão injustamente e ter-lhe feito tanto mal. Quanto à minha pobre Maria, meu coração a chora, mas nem a sua habilidade me pode informar onde ela está agora?

– Julgo que, com toda a segurança, podemos dizer que onde ela está, lá está também Sir George Burnwell. É igualmente certo que, quaisquer que forem os seus pecados, logo eles serão suficientemente punidos.

VI

As faias cor de cobre

– Para o homem que segue a arte por amor à própria arte, é freqüentemente de suas manifestações menos importantes e mais simples que deriva o maior prazer – observou Sherlock Holmes, atirando de lado a folha de anúncios do *Daily Telegraph*. É agradável para mim observar, Watson, que você tenha compreendido, tanto quanto possível, esta verdade naquelas pequenas narrativas de nossos casos, que tão bondosamente você vem colecionando e ampliando, com um pouco de fantasia. Você tem salientado não somente as *causes célebres* e julgamentos sensacionais em que tomei parte, como também aqueles incidentes em si mesmo triviais mas que têm dado lugar ao exercício daquelas faculdades de dedução e de síntese lógica de que eu tenho feito meu especial trabalho.

Todavia, talvez tenha errado – observou ele, pegando uma brasa viva com as tenazes e acendendo com ela o seu cachimbo de pau-de-cereja, o qual costumava usar em lugar do cachimbo de barro quando estava pensativo e não queria discutir.

– Você talvez tenha errado em se esforçar por colorir e avivar cada uma de suas declarações, em vez de se limitar ao trabalho de anotar o raciocínio severo de causa para efeito, que é verdadeiramente o único ponto característico no assunto.

– Parece-me que lhe fiz ampla justiça no caso – observei friamente, porque me senti repelido pelo egoísmo e orgulho que havia reparado serem um forte fator no caráter singular de meu amigo.

– Não, não é egoísmo, nem presunção – disse ele, respondendo mais aos meus pensamentos do que às minhas palavras, como era seu costume. – Se exijo inteira justiça na minha arte, é por tratar-se de coisa impessoal, uma coisa à parte de mim. O crime é comum. A lógica é rara, e portanto você deve salientar mais a lógica do que o crime. Você rebaixa para uma simples sucessão de historietas o que deveria ter sido uma série de conferências.

Era uma manhã fria de primavera, e estávamos sentados, de cada lado de um bom fogo, na velha sala em Baker Street. Uma neblina grossa rolava entre a fileira de casas escuras, e as janelas das casas em frente pareciam manchas sem forma. Nosso bico de gás estava aceso, e brilhava sobre a toalha branca e sobre os pratos e talheres que não haviam sido retirados ainda.

Sherlock Holmes havia ficado em silêncio toda a manhã, estudando as colunas de anúncio dos jornais, até que, finalmente desistindo, nervosamente, começou a censurar os meus erros literários.

Depois de uma pausa, ele observou:

– Ao mesmo tempo, você não pode ser acusado de sensacionalismo, porque desses casos em que você teve a bondade de se interessar, uma boa porção não trata de crime, no sentido legal. Aquele, por exemplo, em que me esforcei em ajudar o rei da Boêmia; a experiência singular da Srta. Mary Sutherland; o problema em relação com o homem do lábio torto e o incidente do solteirão nobre, todos eram assuntos fora do alcance da lei. Mas, ao evitar o sensacional, temo que você tenha descido ao trivial.

– O final pode ser que fosse assim, mas os métodos empregados têm sido incomuns e interessantes.

– Chooo... meu rapaz, que é que faz o público, o grande público despercebido, que não distingue o tecelão pelo dente, um compositor pelo polegar esquerdo? Porém, se você é trivial, não posso acusá-lo, porque os dias dos casos importantes já passaram. O homem, pelo menos o criminoso, já perdeu o entusiasmo e, originalidade. Quanto à minha profissão, parece estar-se degenerando numa agência para recuperar lápis perdidos e dar conselhos a jovens colegiais internas. Parece-me que agora cheguei deveras ao fundo e este bilhete que recebi hoje é o ponto zero, penso eu. Leia-o – disse ele atirando um papel amarrotado para meu lado.

Trazia a data do dia anterior, e vinha de Montague Place.

Caro Sr. Holmes.

Estou ansiosa para consultar o senhor a fim de saber se devo ou não aceitar uma colocação que me foi oferecida como governante. Irei aí às 10:30 horas, amanhã, se não lhe for inconveniente.

Sinceramente,

Violeta Hunter

– Você conhece essa moça? – perguntei.

– Eu não.

– Já são 10:30.

– Sim, e com certeza é ela quem está tocando a campainha.

– Pode ser que o caso seja de mais interesse do que você imagina. Lembre-se da história do carbúnculo azul, que parecia apenas um capricho, mas que desenvolveu uma investigação séria. Talvez este seja assim também.

– Bem, vamos esperar que seja! Nossas dúvidas serão logo resolvidas, porque aí vem a pessoa em questão.

Enquanto ele dizia isto, a porta abriu-se e uma jovem entrou. Estava vestida com simplicidade, mas o rosto, coberto de sardas, denotava inteligência, e ela dava a impressão de ser pessoa acostumada a ganhar a vida independentemente.

– O senhor há de desculpar-me por ter vindo incomodá-lo – disse ela quando meu companheiro levantou-se para cumprimentá-la. – Tive uma experiência muito estranha e, como não tenho nem pais nem parentes a quem pudesse consultar, pensei que talvez o senhor poderia ter a bondade de me aconselhar o que devo fazer.

– Sente-se, faça o favor, Srta. Hunter. Terei muito prazer em servi-la.

Vi que Holmes estava bem impressionado pelas maneiras e conversação de sua nova cliente. Olhou-a com aquele modo perscrutador e então acomodou-se na poltrona com os olhos meio fechados e as pontas dos dedos unidas para escutar a história.

– Fui governante durante cinco anos, disse ela, em casa do Coronel Spence Munro, mas há dois meses passados o coronel foi removido para Halifax na Nova Escócia e levou as crianças em companhia dele para a América, ficando eu assim sem emprego. Pus um anúncio no jornal e respondi a anúncios, mas sem resultado. Afinal o pouco dinheiro que havia guardado estava-se acabando e eu sem saber o que fazer.

Há uma agência, muito conhecida, para governantes, no West End, chamada *Westaway* e eu ia lá uma vez por semana para ver se havia alguma coisa que me servisse. Westaway era o nome do fundador da agência, mas agora é uma Srta. Sloper que, sentada em seu pequeno escritório, atende quem vai à procura de emprego; os candidatos ficam na sala de espera e entram, cada um por sua vez. Então ela consulta os livros e vê se há o que lhes serve.

Bem, quando lá fui a semana passada, percebi que a Srta. Sloper não estava sozinha. Um homem muito gordo de rosto sorridente e queixo grande, de óculos, achava-se ao seu lado olhando fixamente cada moça que entrava. Quando eu entrei, ele saltou da cadeira e virou-se apressadamente, para a Srta. Sloper:

– Chega – disse ele –, não podia achar coisa melhor. Esplêndido!

Parecia muito entusiasmado e esfregava as mãos com um modo alegre, que dava prazer olhar.

– A senhorita está procurando um lugar? – perguntou.

– Sim, senhor.

– Como governante?

– Sim, senhor.

– E que ordenado pede?

– No último lugar recebia 4 libras por mês, em casa do Coronel Spence Munro.

– Oh! basta! uma insignificância! gritou ele, suspendendo as mãos como quem está indignado. – Como poderia alguém oferecer tão pouco para uma pessoa tão atraente e preparada?

– Meus talentos, senhor, talvez sejam menos do que imagina, disse eu. – Um pouco de francês, alemão, música e desenho...

– Basta, exclamou ele. – Tudo isto é além do necessário. O ponto essencial é se você tem ou não o porte de moça gentil. Isso é o principal. Se não tiver, não é digna de criar uma criança que pode, algum dia, tomar parte considerável na história do país. Tendo esse dom, como poderia um cavalheiro pedir-lhe para aceitar quantia inferior a três algarismos? Seu ordenado comigo, senhora, começaria por 100 libras anuais.

– O senhor pode imaginar, Sr. Holmes, que para mim, desempregada como estava, tal oferta parecia boa demais para ser verdade. O cavalheiro, vendo o olhar de incredulidade no meu rosto, abriu a carteira e tirou dela uma nota.

– É meu costume – disse ele, sorrindo com a maneira mais agradável, os seus olhos quase se fechavam entre as rugas da face – adiantar sempre meio salário porque assim as moças que emprego podem fazer qualquer despesa que lhes seja necessária para seu guarda-roupa e viagem.

Parecia-me que nunca havia encontrado homem tão bondoso e encantador. Já estava devendo aos negociantes e o adiantamento era bem conveniente. Todavia, era alguma coisa tão fora do natural em toda a transação, que me fez procurar saber um pouco mais antes de me comprometer.

– Posso perguntar onde o senhor mora?

– Hampshire. Lugarzinho rural encantador. Na vila das Faias Cor de Cobre, distante 5 milhas do outro lado de Winchester. É um lugar lindo, senhorita, e uma casa de campo muito confortável.

– E os meus deveres, senhor? Gostaria de saber quais seriam.

– Uma criança – um rapazinho brincalhão de 6 anos de idade. Oh! se você pudesse vê-lo matando as baratas com um chinelo! – Plaque! Plaque! Plaque! Foram-se três, antes que você pudesse piscar. – Sentou-se para trás na cadeira e riu a valer.

Fiquei um pouco admirada com a natureza do divertimento da criança, mas a risada do pai fez-me pensar que talvez ele estivesse caçoando.

– Meus deveres, então – disse eu –, são os de cuidar somente de uma criança?

– Não, não, exclusivamente, exclamou ele. – Seu dever seria como tenho a certeza de que seu bom senso lhe havia de indicar, obedecer a qualquer pedido feito por minha esposa, contanto que sejam da incumbência de uma senhorita distinta. Não há dificuldade quanto a isto?

– Teria prazer em servir.

– Muito bem. Roupa por exemplo. Nós somos excêntricos, mas bondosos. Se lhe pedíssemos para usar certo vestido que lhe daremos, a senhorita poria alguma objeção?

– Não – disse eu, atônita com as palavras dele.

– Ou se lhe pedíssemos para se assentar aqui ou acolá, não se ofenderia?

– Oh! não.

– Ou para cortar seus cabelos bem curtos antes de ir para lá?

Mal pude acreditar no que estava ouvindo.

– Como o senhor vê, Sr. Holmes, tenho muito cabelo e de uma cor castanho clara. Dizem até que é artístico. Não podia sonhar em sacrificá-lo desta maneira, sem mais nem menos:

– Sinto, mas é impossível – disse eu.

Ele me estava olhando atentamente com os seus olhinhos e vi uma sombra passar pelo seu rosto quando falei isso.

– Sinto, mas é essencial, é uma esquisitice da minha mulher, a senhora sabe, madame, que as mulheres têm gostos estranhos e precisam ser tomados em consideração. Então não quer cortar o cabelo?

– Não senhor, não posso – respondi com firmeza.

– Está muito bem; então está terminado o caso. É pena, porque de outro modo a senhora serviria bem. Neste caso, Srta. Sloper, devo inspecionar mais algumas das suas consulentes.

A agente havia estado ocupada com seus papéis todo esse tempo sem dizer palavra, mas agora ela me olhava com tanto aborrecimento no rosto que eu não pude deixar de suspeitar que ela havia perdido uma boa comissão devido à minha recusa.

– Você quer que continue seu nome no registro? – perguntou ela.

– Faça o favor Srta. Sloper.

– Mas, realmente, parece inútil desde que você recusa uma excelente oferta como esta – disse ela severamente. Você não pode esperar que nós nos esforcemos em arranjar outra oportunidade destas! – Até logo, Srta. Hunter.

Bateu a sineta que estava em cima da mesa e o contínuo levou-me para fora.

Quando cheguei ao meu quarto, senhor Holmes, e achei o meu guarda-comida com tão pouca coisa, e duas ou três contas em cima da mesa, perguntei a mim mesma se não havia feito uma bobagem. Afinal de contas, se essa gente tinha seus gostos estranhos e esperavam a obediência em coisas esquisitas, pelo menos estavam prontos a pagar bem pelas suas excentricidades. Poucas são as governantes da Inglaterra que ganham 100 libras por ano. Além disso para que servia minha basta cabeleira? Muita gente fica melhor sem os cabelos, talvez para mim fosse bom cortá-los.

No dia seguinte achei que havia cometido um erro e decidi que havia mesmo. Combati o orgulho a ponto de voltar à agência para saber se ainda havia essa vaga, quando recebi essa carta do tal senhor mesmo; vou lê-la:

> Faias Cor de Cobre, perto de Winchester.
>
> Cara Srta. Hunter:
>
> A Srta. Sloper deu-me seu endereço e estou-lhe escrevendo daqui para lhe perguntar se já considerou a sua decisão. Minha mulher gostaria tanto que a senhorita viesse, pois ficou satisfeitíssima com a minha descrição. Estamos prontos a pagar 30 libras cada trimestre, ou sejam, 120 libras por ano, para recompensá-la de qualquer pequena inconveniência que nossas excentricidades lhe possam causar. Afinal de contas não somos muito exigentes. Minha mulher aprecia certo tom azul e gostaria que a senhorita usasse tal vestido em casa de manhã. Não precisa comprar, porque temos um que pertencia à minha querida filha Alice (agora em Filadél-

fia) que, penso, serviria muito bem na senhora. Quanto a sentar-se aqui ou ali, ou distrair-se de qualquer outro modo indicado, não lhe causaria nenhuma inconveniência. Quanto ao seu cabelo, é talvez uma pena cortá-lo, não pude deixar de reparar quão belo ele é, mas preciso ficar firme neste ponto e espero que o aumento de ordenado a recompense pela perda.

Seus deveres quanto à criança, são leves.

Veja se pode decidir a vir, irei até Winchester com o tílburi para encontrá-la. Mande dizer em que trem virá.

Sinceramente,

Jefro Rucastle

– Recebi esta carta agora mesmo, Sr. Holmes, e decidi aceitar a oferta. Pensei, todavia, que antes de dar o passo final, deveria submeter o assunto à sua consideração.

– Bem, Srta. Hunter, se já resolveu, acabou-se, disse Holmes sorrindo.

– Mas o senhor acha que eu devo recusar?

– Confesso que não é emprego onde gostaria de ver entrar uma irmã.

– Que será que isto tudo quer dizer, Sr. Holmes?

– Não tenho dados. Não posso dizer. Talvez a senhorita já tenha formado alguma opinião.

– Bem, parece-me que há uma única solução possível. O Sr. Rucastle parecia ser homem de bom gênio. Será que sua esposa é maníaca e que ele não deseja publicidade a fim de não ser levada a um asilo e lhe faz as vontades para evitar ataques piores?

– É uma solução possível de fato, as coisas como parecem ser, a tornam muito provável. Mas, em todo caso, não é um lar agradável para uma senhorita entrar.

– Mas o ganho, Sr. Holmes, o dinheiro!

– Bem, o pagamento é bom – bom demais. É por isso que fico preocupado, porque hão de pagar 120 libras a você, quando podiam escolher outra por 40? Há alguma razão muito forte atrás disso.

– Pensei que, contando-lhe as circunstâncias, o senhor compreenderia se depois eu precisasse do seu auxílio, e me sentiria com mais coragem pensando que o senhor se interessaria.

– Oh! neste caso, fique descansada quando estiver lá, e digo-lhe que seu pequeno problema promete ser dos mais interessantes que tenho encontrado há alguns meses. Há alguma coisa incomum ligada aos característicos que descreve. Se você se achar em dúvida ou perigo...

– Perigo? Que perigo o senhor está prevendo?

Holmes sacudiu a cabeça solenemente.

– Cessaria de ser um perigo se pudéssemos defini-lo, disse ele. – Mas a qualquer hora, dia ou noite, um telegrama me levaria em seu auxílio.

– É o suficiente.

Levantou-se rapidamente, com o rosto livre de toda preocupação.

– Irei a Hampshire sossegadamente agora. Escreverei logo ao Sr. Rucastle, sacrificarei o meu cabelo hoje à noite e embarcarei para Winchester amanhã.

E, com umas poucas palavras de gratidão a Holmes, disse-nos boa noite e saiu.

– Pelo menos – disse eu, quando ouvimos os seus passos firmes e decididos descendo a escada – ela parece ser uma jovem bem capaz de cuidar de si.

– E será necessário. Se não me engano, não passarão muitos dias antes de recebermos alguma comunicação dela.

Durante uns 15 dias os meus pensamentos freqüentemente volviam em sua direção e imaginava em que estranho caminho da experiência da vida esta pobre moça havia entrado. O ordenado, as condições impostas; os deveres tão leves, tudo demonstrava alguma coisa anormal, mas se era excentricidade ou conspiração, ou se o homem era filantropo ou malandro, estava fora do meu poder determinar.

Quanto a Holmes, observei que ele, freqüentemente, ficava sentado durante uma meia hora com a testa enrugada e ar abstrato, mas fez pouco caso quando lhe falei a respeito.

– Dê-me dados! dados! – gritou ele, impacientemente.

– Não posso fabricar tijolos sem barro!

Ao mesmo tempo terminava sempre dizendo que a irmã nenhuma dele deixaria aceitar tal emprego.

O telegrama que eventualmente recebemos veio tarde, à noite, eu já ia deitar-me e Holmes estava se acomodando para começar algumas pesquisas químicas que ele gostava de fazer. Abriu o envelope amarelo e, olhando o recado, atirou-o para mim.

– Veja o horário dos trens – e voltou para os estudos químicos.

A chamada era breve e urgente.

> "Faça o favor de estar no Hotel Cisne Negro, em Winchester, amanhã ao meio-dia. Venha! Não sei o que fazer.
>
> Hunter"

– Você quer ir comigo? – disse Holmes.

– Gostaria.

– Veja então a hora do trem.

– Há um trem às 9:30. Deve chegar a Winchester às 11:30 horas.

– Esse é bom. Então, talvez, deva adiar essas minhas experiências com acetonas, porque precisamos descansar, preparando-nos para amanhã.

Às 11 horas do dia seguinte estávamos bem perto dessa antiga capital inglesa. Holmes passou todo o tempo lendo os jornais.

A paisagem era linda, denotando a entrada da primavera.

– Como está agradável – exclamei eu, com o entusiasmo de um homem que se vê livre da neblina de Londres.

Mas Holmes sacudiu a cabeça solenemente.

– Você sabe, Watson, que uma das maldições de uma mentalidade como a minha, é não poder desviar a atenção do assunto especial em que penso. Você olha aquelas casas e se impressiona com a sua beleza, eu as olho, e o único pensamento que me vem é no sentido de seu isolamento e da impunidade com que o crime pode ser perpetrado ali.

– Céus! exclamei. – Quem associaria o crime com aquelas lindas casas antigas?

– Elas sempre me enchem de horror. É minha crença, Watson, baseada na experiência, que as vielas mais baixas e vis de Londres não apresentam maior número de pecados nelas cometidos do que a mais linda e alegre paisagem do campo.

– Você me horroriza.

– Mas é óbvia a razão. A opinião pública pode mais numa cidade do que a própria polícia. Há muitos crimes cometidos nesses lugares retirados e ninguém sabe deles. Se esta moça que agora pede nosso auxílio, tivesse ido para Winchester, por exemplo, nunca me preocuparia a respeito dela. É a distância que se torna perigosa. Todavia, penso que ela mesma não está sendo ameaçada.

– Não, se é que ela possa vir a Winchester para nos encontrar.

– Exatamente. Ela está livre.

– O que pode ser então? Não pode sugerir nada?

– Tenho sete pontos de explicação, cada qual cobriria os fatos como os conhecemos, mas qual deles está certo, só pode ser determinado pelas informações que devem estar à nossa espera. Bem, lá está a torre da catedral e logo saberemos o que Miss Hunter tem a contar-nos.

O Hotel Cisne Negro está situado na High Street, pouco distante da estação, e lá encontramos a moça nos esperando.

Ela havia tomado uma sala e o lanche estava sobre a mesa.

– Estou tão contente com a sua vinda, foi bondade dos dois. Seu conselho será de inestimável valor para mim.

– É favor dizer o que lhe aconteceu.

– Sim, direi, mas depressa, porque prometi ao Sr. Rucastle voltar antes das três horas. Tive licença dele para vir à cidade esta manhã, mas ele pouco imagina para o que vim.

– Conte tudo – e Holmes acomodou-se em frente ao fogo para escutar.

– Em primeiro lugar, preciso dizer que não me têm maltratado, é justo que se diga isto, mas não os entendo e estou perturbada a respeito deles.

– Que é que você não entende?

– As razões da conduta deles, mas conto tudo em seguida. Quando vim, o Sr. Rucastle encontrou-me aqui e levou-me no tílburi para "As Faias". É uma casa linda, como ele disse, situada nos próprios terrenos e pouco distante da estrada para Southampton.

Há matas ao redor, pertencentes à herdade de Lorde Southerton e um renque de faias cor de cobre em frente à porta da entrada é que lhe dá o nome. Fui apresentada pelo patrão à sua esposa e à criança. Não há nada sobre aquela nossa conjetura, a Sra. Rucastle não está demente. Achei a mulher quieta, pálida, muito mais jovem do que o marido, uns trinta anos penso eu, enquanto ele deve ter uns quarenta e cinco. Pela conversa deles apreendi que estão casados há uns sete anos, ele era viúvo e a filha que agora está em Filadélfia era a única criança da primeira mulher.

O Sr. Rucastle disse-me em particular que a razão por que ela foi embora era a aversão que sentia pela madrasta, e, como a filha deve ter uns vinte anos, posso imaginar quão desagradável era estar sempre na companhia da jovem esposa de seu pai.

A Sra. Rucastle pareceu-me mentalmente tão vaga como sem cor no rosto.

Ela não me impressionou nem a favor, nem contra. É uma nulidade, mas é fácil ver que está apaixonada pelo marido e pelo filho. Examina tudo para que não falte nada, e ele é bondoso para com ela, apesar do modo impetuoso; em tudo parecia ser um casal feliz. Todavia, ela tem uma tristeza secreta, está freqüentemente chorando. Tenho pensado que é a má disposição do filhinho que lhe pesa mentalmente, porque nunca vi criatura tão estragada e mal-educada. É pequeno para a idade, a cabeça desproporcionalmente grande. E passa a vida entre uma paixão desabrida e mau humor, causando dor a todos que são mais fracos do que ele; isto parece ser, é seu único passatempo e demonstra talento extraordinário para pegar os ratinhos, os pássaros e insetos. Mas prefiro não falar naquela criatura, e ele tem pouca ligação com a minha história.

– Gosto de todos os detalhes – observou meu amigo –, mesmo quando para a senhora eles pareçam ser relevantes ou não.

– Eu tentarei mostrar o que é importante. A única coisa desagradável na casa, que chamou logo a minha atenção foi a aparência e conduta dos empregados.

São dois, marido e mulher. Toller, é o nome do homem. É branco, tem cabelo e barba grisalhos, e cheira sempre a álcool. Por duas vezes, depois que estou lá, ele esteve completamente bêbedo; todavia, o Sr. Rucastle parece não se incomodar com isso.

Sua esposa é mulher forte, muito alta e carrancuda, tão quieta como a Sra. Rucastle e muito menos amável. Um casal desagradável, mas felizmente passo a maior parte do meu tempo entre o quarto do menino e o meu, que se comunicam, em um canto do edifício.

Durante uns dois dias após a minha chegada, a vida correu calma, mas, no terceiro dia, a Sra. Rucastle desceu logo depois do almoço e cochichou alguma coisa para o marido.

– Oh! sim – disse ele virando-se para mim – nós lhe estamos muito gratos Srta. Hunter, por ter acedido aos nossos gostos quanto ao cabelo cortado, e digo-lhe francamente que não diminuiu nada de sua boa aparência. Agora vamos ver se o vestido azul lhe serve, já está estendido sobre sua cama e se fizesse o favor de vesti-lo ficaremos extremamente agradecidos

O vestido que encontrei à minha espera era de um tom peculiar de azul. Era um bom tecido, espécie de lã macia e demonstrava sinais evidentes de haver sido usado. Era justo para mim como se houvessem tirado as medidas. Tanto o senhor como a Sra. Rucastle expressaram alegria ao vê-lo, o que achei um tanto exagerado.

Estavam à minha espera na sala, que é grande e se estende em toda a largura na frente da casa, com três janelas compridas até o chão. Uma cadeira havia sido colocada de costas para a janela do centro. Pediram-me para sentar-me ali e então o Sr. Rucastle começou a contar-me histórias tão cômicas, como jamais ouvi. Não podem imaginar como ele ficou engraçado e eu ria até cansar. A Sra. Rucastle, que parece não ter senso de humor, nem sequer sorriu, mas ficou com as mãos no colo, com um olhar triste e ansioso na fisionomia.

Depois de uma hora mais ou menos, o Sr. Rucastle disse que era hora de começar os afazeres do dia e que eu podia trocar o vestido e ir ao quarto de Eduardinho.

Dois dias depois fez-me a mesma coisa e em circunstâncias iguais. Depois das histórias, ele me entregou uma novela de capa amarela e, virando a minha cadeira um pouco de lado, para que a minha sombra não caísse sobre a página, pediu-me que fizesse o favor de ler em voz alta para ele. Li durante sete ou dez minutos, começando no meio do capítulo, e, de repente, mandou que parasse e fosse trocar o vestido. O senhor pode imaginar quão curiosa fiquei para saber por que razão se fazia esse extraordinário espetáculo; reparei que procuravam sempre virar meu rosto para a sala e com isso ia-me consumindo com o desejo de saber o que acontecia atrás de mim, mas confesso que fiquei desapontada, pois não vi nada; porém, num segundo olhar percebi que havia um homem na estrada para Southampton, pequena estatura, barbado, olhando em minha direção. Sempre há gente passando nessa estrada, mas aquele estava encostado na cerca dos limites dos nossos prados e olhando-me fixamente.

Abaixei o lenço, olhei a Sra. Rucastle e vi que ela estava com os olhos fixos em mim, com o olhar penetrante. Nada disse, mas fiquei convencida de que ela adivinhou que eu estava com um espelho no lenço e havia visto o que se passava atrás de mim. Levantou-se imediatamente.

– Jefro – disse ela –, há um camarada impertinente na rua que está olhando para a Srta. Hunter.

– É um amigo seu, Srta. Hunter?

– Não, não conheço ninguém por aqui.

– Ora veja, que impertinência, tenha a bondade de virar e acenar a ele para ir embora.

– Certamente seria melhor não fazer conta.

– Não, não, ele viria sempre por aqui. Faça o favor de virar e mandá-lo embora, sim?

– Fiz como me mandaram; no mesmo instante a Sra. Rucastle cerrou a cortina. Faz uma semana e desde então não me sentei mais junto à janela, nem vesti o vestido azul e não tenho visto o homem na rua.

– Continue – disse Holmes. – Sua narrativa promete ser muito interessante.

– O senhor a achará um tanto desconexa, e pode ser que haja pouca ligação entre os diversos episódios de que falo. No primeiro dia da minha chegada, o Sr. Rucastle levou-me a uma cocheira que fica perto da porta da cozinha; ao aproximar-me ouvi o barulho de uma corrente que era arrastada, como se fosse um animal grande movendo-se.

– Oh! lá, lá! – disse o Sr. Rucastle – não é bonito?

Olhei para dentro e vi dois olhos grandes em uma figura enrolada a um canto.

– Não tenha receio – disse meu patrão, rindo-se do susto que levei –, é Carlo, o meu mastim. Eu disse meu, mas só Toller, meu velhaco cocheiro, é que pode com ele. Damos comida uma vez por dia e mesmo assim não muita para ele ficar esperto. Toller solta-o à noite, e Deus ajude o transgressor sobre quem ele pular e enfiar os dentes. A senhora não ponha o pé fora da casa à noite, por qualquer desculpa, que lhe pode custar a vida.

O aviso não foi em vão, porque duas noites depois, por acaso, fui à janela do meu quarto mais ou menos às duas horas da manhã; era uma madrugada linda, de lua, e a grama na frente da casa brilhava com o orvalho, tudo claro como dia. De repente, vi um objeto movendo-se debaixo das faias, e, ao emergir, vi que era um cão gigantesco, tão grande como um bezerro, que atravessou vagarosamente o gramado e desapareceu do outro lado. Essa sentinela silenciosa fez gelar o meu coração.

E agora, tenho uma experiência extraordinária para lhe contar. Como o senhor sabe, cortei o cabelo e guardava-o no fundo da minha mala; uma noite, depois que a criança estava na cama, ocupei-me em examinar a mobília de meu quarto e arranjar os meus pertences. Há uma velha cômoda, as duas gavetas maiores de cima estavam vazias, mas a grande de baixo permanecia fechada. Enchi as duas com minha roupa, mas ainda faltava lugar para o resto e fiquei aborrecida por não ter a outra. Achei que talvez estivesse com a fechadura enguiçada ou havia sido fechada por acaso; assim sendo, peguei minhas chaves e experimentei abri-la; a primeira chave que experimentei serviu. Havia uma só coisa dentro e o senhor não pode imaginar o que era. A minha trança. Peguei-a e examinei-a bem. Era da mesma cor e grossura. Mas então lembrei-me de que isso era coisa impossível. Como podia meu cabelo estar guardado na gaveta? Com as mãos trêmulas, abri a mala e virei o conteúdo, lá no fundo estava meu cabelo. Juntei as duas tranças e olhei, eram idênticas. Que coisa estranha!

Tornei a colocar o cabelo na gaveta e não falei nada aos Rucastle, julgando que havia cometido um erro em abrir a gaveta.

Sou observadora por natureza e não me custou apreender o jeito da casa. Há uma sala, que parece não ser habitada, de que uma porta se abre para os aposentos dos Tollers; abria também para esta parte da casa, mas permanecia quase sempre fechada. No entanto, um dia, quando eu subia a escada, encontrei o Sr. Rucastle saindo por aquela porta, chaves na mão e um olhar que o fazia parecer pessoa muito diferente do homem jovial com quem eu estava acostumada. Tinha as faces vermelhas, testa franzida de raiva e as veias nas têmporas inflamadas pela paixão. Fechou a porta e passou por mim apressadamente, sem dizer uma palavra ou um olhar sequer.

Isto aguçou a minha curiosidade; assim, quando fui passear com o menino, dei volta àquele lado da casa. Havia quatro janelas em uma carreira, três das quais estavam imundas e a quarta, tapada por tábuas. Aparentemente, estava tudo abandonado. Enquanto passeava de baixo para cima, o Sr. Rucastle veio encontrar-me com os seus modos costumeiros, alegre e jovial.

– Alô! disse ele – desculpe-me haver passado diante da senhorita sem falar-lhe. Estava muito ocupado com certos negócios.

Asseverei-lhe que não levara a mal.

– A propósito – disse eu –, parece haver uns cômodos que não são habitados ali, um está fechado com tábuas.

– A fotografia é o meu passatempo e tenho ali o meu quarto escuro. Ora, veja só como a senhorita é observadora, quem diria?

Falou como se estivesse caçoando, mas não havia zombaria nos olhos dele quando olhou para mim. Li a suspeita e aborrecimento, mas nada de brincadeira.

Bem, Sr. Holmes, desde aquele momento compreendi que havia alguma coisa a respeito daqueles cômodos, que eu precisava saber e fiquei curiosa por ir lá. Não era simples curiosidade, embora, naturalmente, tenha meu quinhão dela; senti como que um dever – que algum benefício seria realizado indo eu lá. Falam do instinto feminino; talvez tenha sido isso que me encheu desse sentimento. Esperei, portanto, uma chance para penetrar na porta proibida.

Só ontem me apareceu a oportunidade. Toller e sua mulher sempre vão lá e, uma vez, vi-o carregando um saco para roupa. Ultimamente ele estava sempre bêbedo e ontem também isto se deu.

Quando subi a escada, vi que a chave estava na porta, era ele que a havia esquecido. Os Rucastles se achavam no andar térreo e o rapaz com eles. Virei a chave e entrei, havia um corredorzinho na minha frente, sem papel nas paredes e sem tapete no chão; esse corredor dava uma volta num ângulo à direita. Virando o corredor havia três portas em fila, a primeira e a terceira estavam abertas, dando entrada cada uma para um quarto vazio, empoeirado e desconfortável; num desses compartimentos havia duas janelas e no outro uma só, tão sujas que mal podia entrar a luz da tarde.

A porta do meio achava-se fechada e atravessada do lado de fora por uma barra larga de ferro, fechada a cadeado de um lado e segura à parede; na outra extremidade estava amarrada por uma corda grossa. A porta estava trancada, mas nenhuma chave ali. Essa porta correspondia com a janela trancada; todavia, percebi por uma fraca luz que vinha debaixo da porta que o quarto não se encontrava de todo às escuras. Evidentemente, havia uma clarabóia de onde vinha essa luz. Enquanto estava no corredor, imaginando que segredo havia atrás daquela porta sinistra, de repente ouvi passos no quarto e vi uma sombra que ia e vinha. Um terror enlouquecedor se apossou de mim ao ver isso, Sr. Holmes. Meus nervos, já abalados, falharam de repente, virei-me e corri como se a mão de alguém me estivesse segurando por trás e puxando meu vestido. Corri pelo corredor e pela porta diretamente para os braços do Sr. Rucastle, que estava esperando ao lado de fora.

– Ah! então era você – disse ele sorrindo. – Pensei isto mesmo quando vi a porta aberta.

– Oh! estou com tanto medo! – disse eu, ofegante.

– Senhorita! senhorita! – e o senhor não imagina quão terna era a sua voz. – O que foi que a assustou?

Mas sua voz era demais adocicada e fiquei de prevenção contra ele.

– Eu, como uma tola, fui à ala vazia, mas é tão solitária e triste nessa luz fraca, que me assustei e saí de novo às pressas. Oh! é tão silencioso ali!

– Só isso? – disse, olhando-me com agudeza.

– Por quê? O que é que o senhor está pensando? – perguntei-lhe.

– Por que razão a senhora acha que fecho esta porta?

– Não sei dizer.

– É para os outros, que não têm direito, não entrarem lá. Ouviu?

Ainda estava sorrindo do modo mais amável.

– Se eu tivesse sabido...

– Bem, agora você sabe e se você de novo puser os pés através do limiar dessa porta... – então o sorriso mudou para um arreganhar de dentes e fitou-me com um olhar de demônio: – Eu a atiro ao mastim.

Fiquei tão amedrontada que não sabia o que fazer, arremessei-me para dentro do meu quarto, passando por ele sem o olhar e não me lembro de mais nada até que me achei sobre minha cama, tremendo da cabeça aos pés. Depois lembrei-me do senhor, eu não podia morar lá por mais tempo sem procurar algum conselho. Tenho medo do homem, da mulher, dos empregados e até da criança. São horríveis, ao meu ver. Se pudesse trazer o senhor para cá, tudo estaria bem. Está visto que eu podia fugir da casa, mas a curiosidade era quase tanta quanto o medo. Logo decidi-me e mandei-lhe um telegrama. Pus o chapéu e a capa, desci até a agência telegráfica que fica a meia milha mais ou menos da casa e na volta senti-me muito aliviada. Um medo terrível me sobreveio quando me lembrei de que talvez o cão estivesse solto, mas também me lembrei de que o Toller estava sem sentidos, de tão bêbedo que ficara, e sabia que ele era o único que tinha influência sobre aquela besta selvagem, ou que se atreveria a soltá-la. Entrei sem novidade e fiquei acordada parte da noite, sentindo alívio só em pensar que o senhor viria. Não fizeram objeção em eu vir a Winchester agora pela manhã, mas preciso voltar antes das 15 horas, porque o Sr. e a Sra. Rucastle vão sair para fazer visitas, ficarão fora até tarde e preciso ficar com a criança. Agora já lhe contei as minhas aventuras, Sr. Holmes, e daria muito se o senhor me pudesse dizer o que significa isto tudo e, acima de tudo, o que eu devo fazer.

Holmes e eu havíamos ficado boquiabertos com essa história extraordinária. Meu amigo levantou-se e andou de um lado para o outro na sala, mãos no bolso e com uma expressão de gravidade em seu semblante.

– Toller ainda está bêbedo? – perguntou ele.

– Sim, ouvi sua mulher contar à Sra. Rucastle que não pode fazer nada com ele.

– Está bem, então os Rucastles sairão hoje à noite?

– Sim.

– Há um porão com boa fechadura?

– Sim, onde se guarda o vinho.

– Comportou-se como uma moça corajosa e ajuizada, Srta. Hunter. Julga que podia fazer mais alguma coisa? Não lhe pediria se não achasse que a senhorita é de coragem excepcional.

– Experimentarei. O que é?

– Nós chegaremos às "Faias" ali pelas 19 horas. Os Rucastles terão saído e Toller, esperamos, ainda estará incapaz de agir. Há só a Sra. Toller, que poderia dar o alarma, se você pudesse mandá-la para a adega sob qualquer desculpa e virar a chave nas costas dela, facilitaria muito.

– Farei.

– Excelente. Então investigaremos o negócio. Há só uma explicação. Você foi trazida aqui para representar alguém, e essa pessoa está fechada naquele quarto. É claro. Quanto a quem é este prisioneiro, não tenho sequer uma dúvida que seja a filha, Srta. Alice Rucastle, que dizem ter ido à América. Você foi escolhida por se parecer com ela em altura, tamanho e cor do cabelo. O dela havia sido cortado, talvez por causa de alguma doença, assim o seu devia ser sacrificado também, e por milagre você encontrou a trança dela. O homem na rua sem dúvida era algum amigo dela, possivelmente noivo, mas como você usava o vestido dela e se lhe assemelhava tanto, ele ficou convencido, pelas suas risadas e seus gestos, que a Srta. Rucastle estava sempre contente e não queria mais as suas atenções. O cão é solto à noite para não poder haver qualquer comunicação com ela. Isto tudo está claro. A coisa mais séria é a disposição da criança.

– Que tem uma coisa com outra? – exclamei.

– Meu caro Watson, você é médico e constantemente ganha conhecimento da criança estudando os pais – o reverso é igualmente válido. A disposição desta criança é sobremaneira cruel, e deriva isto de seu pai sorridente ou, como suspeito, de sua mãe e isso pressagia mal para a pobre moça que está em seu poder.

– Tenho certeza de que o senhor tem razão, Sr. Holmes – exclamou nossa cliente. – Mil coisas se me apresentam que fazem crer isto. Oh! não percamos um momento em socorrer essa pobre criatura.

– Mas precisamos ser prudentes, pois estamos lidando com um grande velhaco. Não se pode fazer nada até as dezenove horas. Então estaremos com a senhora e não levará muito tempo para solvermos o mistério.

Chegamos, como havíamos prometido, justamente às 19 horas, tendo deixado nossa carruagem na taverna da estrada.

Pelas folhas das faias, que brilhavam como metal na luz do sol poente, reconhecemos que ali era a casa, mesmo que a Srta. Hunter não nos estivesse esperando sorridente à porta.

– Arranjou tudo? – perguntou Holmes.

Ouviu-se uma pancada ruidosa, vinda já de baixo.

– Aquilo é a Sra. Toller, na adega, o marido dela está roncando no tapete da cozinha. Aqui estão as chaves dele, que são iguais às do Sr. Rucastle.

– Muito bem! – exclamou Holmes com entusiasmo. – Agora mostre-nos o caminho, e logo veremos o fim deste negócio.

Subimos, abrimos a porta e passamos pelo corredor em frente da porta que a Srta. Hunter indicou.

Holmes cortou a corda e removeu a barra de ferro. Depois experimentou as várias chaves da fechadura, mas sem efeito. Não se ouvia um som sequer vindo lá de dentro, e este silêncio fez uma nuvem de desapontamento passar pela fisionomia de Holmes.

– Espero não termos chegado tarde demais, disse ele. – Julgo que devemos entrar antes que a senhora se vá. Agora, Watson, ombros à porta, vamos ver se entramos aí, já.

Era uma porta velha e cedeu logo à nossa força unida. Juntos, corremos para dentro do quarto. Estava vazio. A única mobília que havia ali era uma caminha, uma mesinha e uma cesta de roupa, O quarto achava-se vazio, a clarabóia aberta e a prisioneira havia fugido.

– Houve algo mau aqui. Aquele bruto adivinhou as intenções da Srta. Hunter e carregou com sua vítima.

– Mas, como?

– Pela clarabóia. Logo veremos como ele fez.

E pulou para cima, no telhado.

– Ah! aqui está a ponta de uma escada leve perto da calha. Foi como ele agiu.

– Mas é impossível, a escada não estava ali quando os Rucastles saíram.

– Ele voltou para colocá-la. Digo-lhe que é astuto e perigoso. Não me surpreendo de ouvir seus passos subindo a escada. Julgo, Watson, que você deve ter seu revólver pronto.

Mal ele falou, um homem apareceu à porta do quarto, homem gordo e abrutalhado, com um pau pesado na mão. A Srta. Hunter gritou e encostou-se na parede ao vê-lo, mas Sherlock Holmes deu um pulo e enfrentou-o.

– Perverso – disse ele –, onde está sua filha?

O homem olhou ao redor e depois para a clarabóia.

– Eu é que devo perguntar isso a você – gritou ele – ladrões! Espiões e ladrões! Eu os peguei em flagrante! Vocês estão em meu poder. Vocês me pagam!

Nisto, desceu as escadas ruidosamente e tão depressa quanto pôde.

– Ele foi soltar o cão! – exclamou a Srta. Hunter.

– Tenho meu revólver – exclamei.

– É melhor fechar a porta da frente – disse Holmes –, vamos descer todos juntos.

Mal chegamos ao vestíbulo, ouvimos o ladrar de um cão e depois um grito de agonia com um barulho de rasgar, horrível de ouvir. Um homem de idade, com o rosto vermelho e cambaleando, vinha saindo de uma porta lateral.

– Meu Deus! – gritou ele. – Alguém soltou o cão e ele não tem comido nada há dias. Depressa, depressa, ou será tarde demais.

Holmes e eu saímos correndo até o ângulo da casa, com Toller, que nos seguia. Lá estava o bruto esfomeado, seu focinho enterrado na garganta de Rucastle que se torcia e gritava, no chão. Chegando perto, fiz saltar os miolos do cão; caiu, mas com os dentes ainda presos nas dobras do pescoço do homem.

Depois de algum trabalho, conseguimos separá-los e levar para dentro da casa, deitando-o no sofá, tendo despachado Toller, cuja bebedeira já havia passado, a avisar a mulher. Fiz o que pude para aliviar as dores de Rucastle.

Estávamos todos ao redor dele, quando a porta abriu-se dando entrada a uma mulher alta e magra.

– Sra. Toller – exclamou a Srta. Hunter.

– Sim, senhora. O Sr. Rucastle soltou-me antes de subir atrás da senhora. Ah! senhora, que pena não me ter contado o que estava planejando fazer, porque eu lhe diria que estava perdendo seu tempo.

– Ah! – disse Holmes, olhando fixamente para ela – está claro que a Senhora Toller sabe mais deste negócio do que qualquer outra pessoa.

– Sim, senhor, sei e estou pronta para contar tudo.

– Então faça o favor de sentar-se e vamos ouvi-la! Há diversos pontos os quais, confesso, ainda não cheguei a compreender.

– Logo contarei e teria feito antes se pudesse sair do porão. Se for caso de polícia, não se esqueça de que sou sua amiga e da Srta. Alice também. Ela nunca estava contente em casa, desde que o pai se casou de novo. Faziam pouco-caso dela e nunca podia dizer nada, porém, piorou muito depois que conheceu o Sr. Fowler, em casa de amigos. Compreendi que a Srta. Alice herdara alguma coisa com todos os direitos, mas era tão quieta e paciente, que nunca fez objeção alguma e deixava tudo nas mãos do Sr. Rucastle. Ele sabia que podia fazer o que quisesse com o que lhe pertencia, mas quando apareceu um casamento e viu que o marido viria a exigir que tudo passasse para os seus cuidados, então o pai achou melhor acabar com o negócio. Queria que ela assinasse um papel, para que, casada ou não, ele pudesse utilizar-se do dinheiro dela; e continuou a atormentá-la com o assunto, até que ela teve uma febre que lhe atacou a cabeça e ficou às portas da morte durante umas seis semanas. Finalmente melhorou, magra como uma sombra e com os cabelos cortados, porém com tudo isso, o moço não desistiu, continuando-lhe fiel.

– Ah! – disse Holmes – penso que o que você nos acaba de contar, esclarece bem as coisas e que eu posso deduzir o resto. O Sr. Rucastle, então, empregou este sistema de prisão?

– Sim, senhor.

– E trouxe a Srta. Hunter de Londres para ver se acabava com a desagradável persistência do Sr. Fowler?

– Foi isso mesmo, sim senhor.

– Mas, como o Sr. Fowler, sendo homem perseverante, como todo marinheiro deve ser, bloqueou a casa e, tendo-se encontrado com a senhora, conseguiu por certos argumentos, metálicos ou não, convencê-la de que os seus interesses e os dele eram os mesmos.

– O Sr. Fowler é um cavalheiro bondoso e generoso – disse a Sra. Toller calmamente.

– E desse modo conseguiu que seu marido não bebesse mais e fosse arranjar uma escada para ser utilizada tão logo o Sr. Rucastle saísse.

– Sim, senhor, foi assim mesmo.

– Estou certo de que nós devemos pedir-lhe desculpas, Sra. Toller, disse Holmes – porque acaba de esclarecer muito bem tudo o que era enigmático para nós. E agora está chegando o médico rural e a Sra. Rucastle. Assim sendo, Watson, penso que é melhor acompanharmos a Srta. Hunter até Winchester, pois julgo que nossa presença aqui torna-se desnecessária, o caso passou das nossas mãos para outras.

E assim foi resolvido o mistério da casa sinistra das Faias Cor de Cobre.

O Sr. Rucastle melhorou, mas ficou tão alquebrado que somente continuou a viver devido aos cuidados da sua devotada mulher.

Moram ainda com os mesmos velhos empregados, que provavelmente sabem tanto da vida passada de Rucastle, que ele julga melhor não dispensá-los.

O Sr. Fowler casou-se com a Srta. Rucastle em Southampton, no dia do rapto. Agora ele é representante do governo na ilha Maurícia.

Quanto à Srta. Violet Hunter, para meu desapontamento, meu amigo Holmes não se interessou mais por ela, uma vez terminadas as pesquisas desse caso.

Ela agora é diretora de uma escola particular em Walsall, onde, creio, vai indo muito bem.

Coleção L&PM POCKET

1. **Catálogo geral da** Coleção **L&PM** POCKET
2. **Poesias** – Fernando Pessoa
3. **O livro dos sonetos** – org. Sergio Faraco
4. **Hamlet** – Shakespeare – trad. Millôr Fernandes
5. **Isadora, fragmentos autobiográficos** – Isadora Duncan
6. **Histórias sicilianas** – Giuseppe di Lampedusa
7. **O relato de Arthur Gordon Pym** – Edgar Allan Poe
8. **A mulher mais linda da cidade** – C. Bukowski
9. **O fim de Montezuma** – Hernan Cortez
10. **A ninfomania** – D. T. Bienville
11. **As aventuras de Robinson Crusoé** – Daniel Defoe
12. **Histórias de amor** – A. Bioy Casares
13. **Armadilha mortal** – Roberto Arlt
14. **Contos de fantasmas** – Daniel Defoe
15. **Os pintores cubistas** – G. Apollinaire
16. **A morte de Ivan Ilitch** – L.Tolstoi
17. **A desobediência civil** – David Henry Thoreau
18. **Liberdade, liberdade** – Flávio Rangel e Millôr Fernandes
19. **Cem sonetos de amor** – Pablo Neruda
20. **Mulheres** – Eduardo Galeano
21. **Cartas a Théo** – Van Gogh
22. **Don Juan** – Molière – Trad. e adaptação de Millôr Fernandes
24. **Horla & outras histórias** – Guy de Maupassant
25. **O caso de Charles Dexter Ward** – H. P. Lovecraft
26. **Vathek** – William Beckford
27. **Hai-Kais** – Millôr Fernandes
28. **Adeus, minha adorada** – Raymond Chandler
29. **Cartas portuguesas** – Mariana Alcoforado
30. **A mensageira das violetas** – Sonetos – Florbela Espanca
31. **Espumas flutuantes** – Castro Alves
32. **Dom Casmurro** – Machado de Assis
34. **Alves & Cia.** – Eça de Queiroz
35. **Uma temporada no inferno** – Arthur Rimbaud
36. **A correspondência de Fradique Mendes** – Eça de Queiroz
38. **Antologia poética** – Olavo Bilac – Seleção de Paulo Hecker Fº
39. **Rei Lear** – W. Shakespeare – Trad. de Millôr Fernandes
40. **Memórias póstumas de Brás Cubas** – Machado de Assis
41. **Que loucura!** – Woody Allen
42. **O duelo** – Casanova
44. **Gentidades** – Darcy Ribeiro
45. **Memórias de um Sarg. de Milícias** – Manuel A. de Almeida
46. **Os escravos** – Castro Alves
47. **O desejo pego pelo rabo** – Pablo Picasso
48. **Os inimigos** – Máximo Gorki
49. **O colar de veludo** – Alexandre Dumas
50. **Livro dos bichos** – Org. de Sergio Faraco
51. **Quincas Borba** – Machado de Assis
53. **O exército de um homem só** – Moacyr Scliar

54. **Frankenstein** – Mary Shelley
55. **Dom Segundo Sombra** – Ricardo Güiraldes
56. **De vagões e vagabundos** – Jack London
57. **O homem bicentenário** – Isaac Asimov
58. **A viuvinha** – José de Alencar
59. **Livro das cortesãs** – Org. de Sergio Faraco
60. **Últimos poemas** – Pablo Neruda
61. **A moreninha** – Joaquim Manuel de Macedo
62. **Cinco minutos** – José de Alencar
63. **Saber envelhecer e a amizade** – Cícero
64. **Enquanto a noite não chega** – Josué Guimarães
65. **Tufão** – Joseph Conrad
66. **Aurélia** – Gérard de Nerval
67. **I-Juca-Pirama** *seguido de* **Os Timbiras** – Gonçalves Dias
68. **Fábulas de Esopo**
69. **Teresa Filósofa** – Anônimo do Séc. XVIII
70. **Aventuras inéditas de Sherlock Holmes** – A. C. Doyle
71. **Antologia poética** – Mario Quintana
72. **Antes e depois** – Paul Gauguin
73. **A morte de Olivier Bécaille** – Émile Zola
74. **Iracema** – José de Alencar
75. **Iaiá Garcia** – Machado de Assis
76. **Utopia** – Tomás Morus
77. **Sonetos para amar o amor** – Luis Vaz de Camões
78. **Carmem** – Prosper Mérimée
79. **Senhora** – José de Alencar
80. **Hagar, o horrível 1** – Dik Browne
81. **O coração das trevas** – Joseph Conrad
82. **Um estudo em vermelho** – Sir Arthur Conan Doyle
83. **Todos os sonetos** – Augusto dos Anjos
84. **A propriedade é um roubo** – P.-J. Proudhon
85. **Drácula** – Bram Stoker
86. **O marido complacente** – Marquês de Sade
87. **De profundis** – Oscar Wilde
88. **Sem plumas** – Woody Allen
89. **Os bruzundangas** – Lima Barreto
90. **O cão dos Baskervilles** – Sir Arthur Conan Doyle
91. **Paraísos artificiais** – Charles Baudelaire
92. **Cândido, ou o otimismo** – Voltaire
93. **Triste fim de Policarpo Quaresma** – Lima Barreto
94. **Amor de perdição** – Camilo Castelo Branco
95. **Megera domada** – W. Shakespeare – Trad. Millôr Fernandes
96. **O mulato** – Aluísio Azevedo
97. **O alienista** – Machado de Assis
98. **O livro dos sonhos** – Jack Kerouac
99. **Noite na taverna** – Álvares de Azevedo
100. **Aura** – Carlos Fuentes
102. **Contos gauchescos e lendas do sul** – Simões Lopes Neto
103. **O cortiço** – Aluísio Azevedo
104. **Marília de Dirceu** – Tomás Antônio Gonzaga
105. **O Primo Basílio** – Eça de Queiroz

106. O ateneu – Raul Pompéia
107. Um escândalo na Boêmia – Sir Arthur Conan Doyle
108. Contos – Machado de Assis
109. 200 Sonetos – Luis Vaz de Camões
110. O príncipe – Maquiavel
111. A escrava Isaura – Bernardo Guimarães
112. O solteirão nobre – Sir Arthur Conan Doyle
114. Shakespeare de A a Z – William Shakespeare
115. A relíquia – Eça de Queiroz
117. O livro do corpo – Vários (org. de Sergio Faraco)
118. Lira dos 20 anos – Álvares de Azevedo
119. Esaú e Jacó – Machado de Assis
120. A barcarola – Pablo Neruda
121. Os conquistadores – Júlio Verne
122. Contos breves – G. Apollinaire
123. Taipi – Herman Melville
124. Livro dos desaforos (Poesias) – Org. de Sergio Faraco
125. A mão e a luva – Machado de Assis
126. Doutor Miragem – Moacyr Scliar
127. O penitente – Isaac B. Singer
128. Diários da descoberta da América – Cristóvão Colombo
129. Édipo Rei – Sófocles
130. Romeu e Julieta – William Shakespeare
131. Hollywood – Charles Bukowski
132. Billy the Kid – Pat Garrett
133. Cuca fundida – Woody Allen
134. O jogador – Dostoiévski
135. O livro da selva – Rudyard Kipling
136. O vale do terror – Sir Arthur Conan Doyle
137. Dançar tango em Porto Alegre – Sergio Faraco
138. O gaúcho – Carlos Reverbel
139. A volta ao mundo em oitenta dias – Júlio Verne
140. O livro dos esnobes – W. M. Thackeray
141. Amor & morte em Poodle Springs – Raymond Chandler & Robert Parker
142. As aventuras de David Balfour – Robert L. Stevenson
143. Alice no País das Maravilhas – Lewis Carroll
144. A ressurreição – Machado de Assis
145. Inimigos, uma história de amor – Isaac. B. Singer
146. O Guarani – José de Alencar
147. Cidade e as serras – Eça de Queiroz
148. Eu e outras poesias – Augusto dos Anjos
149. A mulher de trinta anos – Honoré de Balzac
150. Pomba enamorada e outros contos – Lygia Fagundes Telles
151. Contos fluminenses – Machado de Assis
152. Antes de Adão – Jack London
153. Intervalo amoroso e outros poemas escolhidos – Affonso Romano de Sant'Anna
154. Memorial de aires – Machado de Assis
155. Naufrágios e comentários – Álvar Nuñes Cabeza de Vaca
156. Ubirajara – José de Alencar

157. **Textos anarquistas** – Michael Alexandrovich Bakunin
158. **O pirotécnico Zacarias** – Murilo Rubião
159. **Amor de salvação** – Camilo Castelo Branco
160. **O gaúcho** – José de Alencar
161. **O Livro das maravilhas** – Marco Polo
162. **Inocência** – Visconde de Taunay
163. **Helena** – Machado de Assis
164. **Uma estação de amor** – Horácio Quiroga
165. **Poesia reunida** – Martha Medeiros
166. **Memórias de Sherlock Holmes** – Sir Arthur Conan Doyle
167. **A vida de Mozart** – Stendhal
168. **O primeiro terço** – Neal Cassady
169. **O mandarim** – Eça de Queiroz
170. **Um espinho de marfim** – Marina Colasanti
171. **A ilustre Casa de Ramires** – Eça de Queiroz
172. **Lucíola** – José de Alencar
173. **Antígona** – Sófocles – trad. Donaldo Schüler
174. **Otelo** – William Shakespeare
175. **Antologia** – Gregório de Matos
176. **A liberdade de imprensa** – Karl Marx
177. **Casa de pensão** – Aluísio Azevedo
178. **São Manuel Bueno, Mártir** – Miguel de Unamuno
179. **Primaveras** – Casimiro de Abreu
180. **O noviço** – Martins Pena
181. **O sertanejo** – José de Alencar
182. **Eurico, o presbítero** – Alexandre Herculano
183. **O signo dos quatro** – Sir Arthur Conan Doyle
184. **Sete anos no Tibet** – Heinrich Harrer
185. **Vagamundo** – Eduardo Galeano
186. **De repente acidentes** – Carl Solomon
187. **As minas de Salomão** – Rider Haggar (trad. de Eça de Queiroz)
188. **Uivo** – Allen Ginsberg
189. **A ciclista solitária** – Sir Arthur Conan Doyle
190. **Os seis bustos de Napoleão** – Sir Arthur Conan Doyle
191. **Cortejo do divino** – Nelida Piñon
192. **Cassino Royale** – Ian Fleming
193. **Viva e deixe morrer** – Ian Fleming
194. **Os crimes do amor** – Marques de Sade
195. **Besame Mucho** – Mário Prata
196. **Tuareg** – Alberto Vásquez-Figueroa
197. **O longo adeus** – Raymond Chandler
198. **Os diamantes são eternos** – Ian Fleming
199. **Notas de um velho safado** – Charles Bukowski
200. **111 ais** – Dalton Trevisan
201. **O nariz** *seguido de* **Diário de um louco** – Nicolai Gogol
202. **O capote** *seguido de* **O retrato** – Nicolai Gogol
203. **Macbeth** – William Shakespeare
204. **Heráclito** – Donaldo Schüler
205. **Você deve desistir, Osvaldo** – Cyro Martins
206. **Memórias de Garibaldi** – Alexandre Dumas
207. **A arte da guerra** – Sun Tzu
208. **Fragmentos** – Caio Fernando Abreu
209. **Festa no castelo** – Moacyr Scliar

210. **O grande deflorador** – Dalton Trevisan
211. **Corto Maltese na Etiópia** – Hugo Pratt
212. **Homem do princípio ao fim** – Millôr Fernandes
213. **Aline e seus dois namorados** – Adão Iturrusgarai
214. **A juba do leão** – Sir Arthur Conan Doyle
215. **Assassino metido a esperto** – Raymond Chandler
216. **Confissões de um comedor de ópio** – Thomas De Quincey
217. **Os sofrimentos do jovem Werther** – J. Wolfgang Goethe
218. **Fedra** – Racine – Trad. Millôr Fernandes
219. **O vampiro de Sussex** – Sir Arthur Conan Doyle
220. **Sonho de uma noite de verão** – W. Shakespeare
221. **Dias e noites de amor e de guerra** – Eduardo Galeano
222. **O Profeta** – Khalil Gibran
223. **Flávia, cabeça, tronco e membros** – Millôr Fernandes
224. **Guia da ópera** – Jeanne Suhamy
225. **Macário** – Álvares de Azevedo
226. **Etiqueta na Prática** – Celia Ribeiro
227. **Manifesto do partido comunista** – Marx & Engels
228. **Poemas** – Millôr Fernandes
229. **Um inimigo do povo** – Henrik Ibsen
230. **O paraíso destruído** – Frei Bartolomé de las Casas
231. **O gato no escuro** – Josué Guimarães
232. **O mágico de Oz** – L. Frank Baum
233. **Armas no Cyrano's** – Raymond Chandler
234. **Max e os felinos** – Moacyr Scliar
235. **Nos céus de Paris** – Alcy Cheuiche
236. **Os bandoleiros** – Schiller
237. **A primeira coisa que eu botei na boca** – Deonísio da Silva
238. **As aventuras de Simbad, o marújo**
239. **O retrato de Dorian Gray** – Oscar Wilde
240. **A carteira de meu tio** – Joaquim Manuel de Macedo
241. **A luneta mágica** – Joaquim Manuel de Macedo
242. **A metamorfose** *seguido de* **O veredicto** – Kafka
243. **A flecha de ouro** – Joseph Conrad
244. **A ilha do tesouro** – Robert Louis Stevenson
245. **Marx - Vida & Obra** – José Arthur Giannotti
246. **Gênesis**
247. **Unidos para sempre** – Ruth Rendell
248. **A arte de amar** – Ovídio
249. **O sono eterno** – Raymond Chandler
250. **Novas receitas do Anonymus Gourmet** – J. A. Pinheiro Machado
251. **A nova catacumba** – Sir Arthur Conan Doyle
252. **O Dr. Negro** – Sir Arthur Conan Doyle
253. **Os voluntários** – Moacyr Scliar
254. **A bela adormecida** e outras histórias – Irmãos Grimm
255. **O príncipe sapo** e outras histórias – Irmãos Grimm
256. **Confissões** *e* **Memórias** – Heinrich Heine
257. **Viva o Alegrete** – Sergio Faraco
258. **Vou estar esperando** – Raymond Chandler
259. **A senhora Beate e seu filho** – Arthur Schnitzler
260. **O ovo apunhalado** – Caio Fernando Abreu
261. **O ciclo das águas** – Moacyr Scliar

262. **Millôr Definitivo** – Millôr Fernandes
263. **O foguete da morte** – Ian Fleming
264. **Viagem ao centro da terra** – Júlio Verne
265. **A dama do lago** – Raymond Chandler
266. **Caninos brancos** – Jack London
267. **O médico e o monstro** – Robert Louis Stevenson
268. **A tempestade** – William Shakespeare
269. **Assassinatos na Rua Morgue e outras histórias** – Edgar Allan Poe
270. **99 corruíras nanicas** – Dalton Trevisan

Coleção L&PM POCKET / Gastronomia

1. **100 receitas de macarrão** – Sílvio Lancellotti
2. **160 receitas de molhos** – Sílvio Lancellotti
3. **100 receitas light** – Helena e Ângela Tonetto
4. **100 receitas de sobremesas** – Celia Ribeiro
5. **Mais de 100 dicas de churrasco** – Leon Diziekaniak
6. **100 receitas de acompanhamentos** – Carmen Cabeda

Coleção L&PM POCKET / Saúde

1. **Pílulas para viver melhor** – Dr. Fernando Lucchese
2. **Pílulas para prolongar a juventude** – Dr. Fernando Lucchese